Die Nacht mit Nancy

Die Nacht mit Nancy

Wilson Collison

Aus dem amerikanischen Englisch
von Johanna von Koppenfels

Louisoder Verlag

Erste Auflage 2016

Originalausgabe:
„One Night with Nancy“
Zuerst erschienen bei The Macaulay Company,
New York 1933

Deutsche Ausgabe:

Übersetzung: Johanna von Koppenfels
Lektorat: Merle Gith
Korrektorat: Ilona Buth
Umschlaggestaltung: CosmosMedia, Cornelius Schödl
Satz: Fotosatz Amann, Memmingen
Druck: Friedrich Pustet GmbH & Co. KG, Regensburg
Printed in Germany
ISBN: 978-3-944153-32-2
www.louisoder-verlag.de

Erstes Kapitel

Mit einem zornigen Flackern in ihren grauen Augen lief Mrs. Christopher Keaton Hanley durch ihr luxuriöses Wohnzimmer. Die Pailletten ihres Abendkleides raschelten in der Stille des großen Salons. Sie verließ das Zimmer und verschwand für einige Minuten. Als sie zurückkehrte, rauchte sie eine Zigarette, die in einem langen grünen Halter steckte. Er war augenscheinlich sehr kostbar, denn er war mit einem kleinen Ring aus Brillanten besetzt.

Mrs. Hanley stand in der Mitte des Zimmers und starrte wütend zu Nancy herüber, die auf einem kleinen Sofa lag und ihren hübschen Kopf auf ein paar Kissen gebettet hatte. Sie trug ein blassgrünes, pelzbesetztes Negligé, unter dem keck ein Nachthemd in noch hellerem Grün hervorschaute.

Überall im Zimmer brannten Lampen. Auf einem großen Kaminsims schlug eine Uhr zweimal.

Jimmie Landon zog ein Bein seines Pyjamas glatt und suchte in der Tasche seines schwarzen Morgenrocks nach einer Zigarette. Als er keine fand, erhob er sich schweigend von seinem Sessel, warf Nancy aus dem Augenwinkel einen ironischen Blick zu, ging zu einem langen Konsolentisch und öffnete ein Kästchen. Er nahm sich eine Zigarette und zündete sie an.

Arthur Foster starrte zu seiner Frau herüber, die ihn ihrerseits anfunkelte. Ihr etwas zerzaustes, hellblondes Haar rahmte ihr farbloses Gesicht. Sie hatte sich ganz offensichtlich in aller Eile ihre Nachtcreme vom Gesicht gewischt und keine Zeit gehabt, wieder Make-up aufzutragen. Der hell erleuchtete Raum war für sie ohne Zweifel sehr unvorteilhaft.

Mit einem kleinen Seufzer sagte Nancy zu Mrs. Hanley: „Wird es nicht schon bald hell, meine Liebe?"

„Selbstverständlich wird es bald hell, liebe Nancy! Was sollen wir Ihrer Meinung nach jetzt tun?"

Christopher Hanley strich zurück, was von seinem wirren Haar noch übrig war. Als seine Frau stehen blieb, ihre Hand auf eine Sessellehne legte und ihn fixierte, wurde er puterrot im Gesicht.

Christopher bemerkte vage: „Meine Liebe, wir können doch nicht bis zum Sonnenaufgang über diese Sache reden. Schließlich ist sie für eine Hausparty auch nicht so außergewöhnlich."

„Das finde ich nicht", sagte Mrs. Hanley säuerlich. „Auch wenn du scheinbar glaubst, dass ich den Männern auf meinen Wochenendpartys normalerweise gestatte, sich mitten in der Nacht in den Zimmern der Damen aufzuhalten."

Jimmie drehte sich um, lehnte sich gegen den langen Konsolentisch und zog eine Augenbraue hoch.

Nancy setzte sich auf und schaute zu ihm herüber. Sie betrachtete ihn eine ganze Weile sehr erst. Sie fand, dass Jimmie der einzige Mann im Raum war, der in Pyjama und Morgenrock wirklich gut aussah.

Jimmie sagte: „Meine liebe Mrs. Hanley …"

„Ja, mein lieber Mr. Landon!", fauchte Mrs. Hanley.

„Sehen Sie", sagte Jimmie mit ernster Miene, „diese Party hat sich mittlerweile in einen Kriminalfall verwandelt. Wenn es statt Nancys entzückendem Schrei einen Mord gegeben hätte, dann würde sich die Aufregung wenigstens lohnen."

„Der Punkt ist doch, Myra", sagte Christopher Hanley mit gedämpfter Stimme, „dass Nancy nicht mal weiß, wer der Mann war. Und schließlich ist ihr ja auch gar nichts passiert. Wozu also all die Aufregung um zwei Uhr morgens?"

„Ich werde das hier zu Ende bringen", erwiderte Mrs. Hanley leidenschaftlich und begann, im Zimmer auf und ab zu gehen. Plötzlich blieb sie stehen und rief: „Woher weißt du eigentlich, dass Nancy nichts geschehen ist?" Dann begann sie wieder im Zimmer umherzulaufen.

Mit einem Blick auf Nancy sagte Jimmie: „Nun, das sollte sie doch selbst wissen."

„Natürlich weiß ich das", sagte Nancy sehr ernst. „Mir ist wirklich nichts passiert. Als ich aufwachte, hatte ich mein Nachthemd immer noch an. Ich wurde schon oft gewarnt, auf Wochenendgesellschaften lieber einen Pyjama zu tragen."

„Siehst du, Myra", sagte Christopher, „es ist wirklich lächerlich."

„Ach ja, lächerlich ist es also!", gab Mrs. Hanley zurück.

„Ja, wirklich lächerlich", fand auch Arthur Foster und warf seiner Frau einen kurzen Blick zu.

„Wie es aussieht …", begann Bob Martin.

„Ganz egal, wie es aussieht!", rief Mrs. Martin, sprang von ihrem Sessel auf und lief mit flammendem Blick zu ihrem Mann. Sie war eine große, schlanke, brünette Frau, die in ihrem kirschroten Pyjamaensemble sehr hübsch aussah. „Tatsache ist doch, dass Myra dich, Arthur Foster und Mr. Landon vorfand, als sie in Nancys Zimmer kam. Was hattest *du* denn in Nancys Zimmer zu suchen?"

Bob Martin erwiderte schwach: „Ich habe sie schreien hören."

„Ich habe sie auch schreien hören", schloss sich Arthur Foster an.

„Und ich wollte nur nachsehen, wonach die anderen schauten", sagte Jimmie.

„Und Sie haben natürlich wieder ein Alibi, Mr. Landon", sagte Vera Martin mit eisiger Stimme. „Schließlich sind Sie ja Anwalt."

„Nun, möglicherweise werde ich einige dieser Jungs bei ihren Scheidungsverfahren verteidigen müssen“, sagte Jimmie mit einem leisen Lächeln. Er warf Nancy einen Blick zu. Sie betrachtete ihn nachdenklich. Jimmie fand, dass sie schön war. Sie war die einzige Frau im Raum, die direkt nach dem Aufstehen wirklich anziehend aussah.

Mrs. Hanley stand einen Augenblick da und starrte Nancy mit empörtem Schweigen an. Um zwei Uhr morgens sah sie einfach nur plump aus und man sah ihr an, dass sie bereits deutlich über vierzig war.

„Ihnen sollte klar sein, Nancy“, sagte Mrs. Hanley, „dass ich weiß, dass Sie dafür bekannt sind, Männer um den Finger zu wickeln. Ich mache Ihnen daraus keinen Vorwurf.“

„Oh nein“, sagte Christopher, der das dringende Bedürfnis hatte, seine Frau zu unterstützen.

„Also Leute“, sagte Nancy salopp mit einer charmanten kleinen Bewegung, „lasst uns doch endlich zur Sache kommen.“

„Würden Sie bitte Ihr Negligé schließen, meine Liebe“, sagte Mrs. Hanley kühl.

„Was können Sie denn sehen, meine Liebe?“, erkundigte sich Nancy erstaunt.

Jimmie erklärte: „Also ich kann überhaupt nichts sehen.“

Nancy versicherte: „Davon bin ich überzeugt. Nun, wie ich bereits sagte, als Myra mich unterbrach …“

„Meine Liebe“, sagte Christopher Hanley nervös, „es ist schon kurz vor halb drei. Wir können das doch wirklich alles nach dem Frühstück klären.“

Mrs. Hanley erwiderte unnachgiebig: „Nein, wir klären es genau jetzt.“

„Aber meine Liebe“, flehte Christopher, strich sein struppiges Haar zurück, in der vergeblichen Hoffnung, dass es die kahle Stelle verdecken würde, „so versteh doch …“

„Sei schon still!“, forderte Mrs. Hanley. „Vera, möchten Sie wissen, warum Nancy geschrien hat?“

„Auf jeden Fall“, sagte Mrs. Martin bitter.

„Helen, möchten Sie wissen, warum Nancy geschrien hat?“

„Ja, das möchte ich. Ich möchte wissen, warum Arthur in ihrem Zimmer war. Ich möchte wissen …“

„Meine Damen und Herren“, sagte Jimmie mit getragener Stimme, „wir sind jetzt an dem Punkt angelangt, an dem sich wohlerzogene Menschen in wilde Bestien verwandeln. Es gibt nur einen befriedigenden Weg, dieses Rätsel um ein Wochenende auf dem Land zu lösen. Meine liebe Mrs. Randin …“

„Ja, Mr. Landon“, erwiderte Nancy mit einem strahlenden Lächeln. Sie erhob sich und gähnte, ging zum Konsolentisch und nahm sich eine Zigarette. Jimmie beeilte sich, ihr Feuer zu geben. Als er das Streichholz ans Ende ihrer Zigarette hielt, konnte er das zarte, verlockende Parfüm riechen, das sie verführerisch umgab. Sie lächelte und sah ihm in die Augen.

„Wie ich bereits bemerkte, Mrs. Randin", sagte Jimmie, „als Sie gerade so unwiderstehlich waren … Wissen Sie eigentlich, dass Ihr Name fast wie meiner klingt? Randin und Landon."

„Ja", erwiderte Nancy, „wir könnten als Varieté-Nummer auftreten."

„Warum nicht?", fragte Jimmie.

„Myra", kreischte Vera Martin plötzlich, „bringen Sie diese Frau dazu, die Wahrheit zu sagen!"

„Ich bemühe mich ja, der Wahrheit auf den Grund zu gehen", sagte Mrs. Hanley verbissen. „Aber Mr. Landon versucht, eine Farce daraus zu machen."

„Wieso, es ist doch eine Farce", sagte Nancy lächelnd.

„Ja", bestätigte Jimmie, „eine Schlafzimmer-Farce."

„Es ist keine Farce", schrie Mrs. Hanley hysterisch. „Es ist eine sittenlose Darbietung … empörend, wirklich empörend! Und dann auch noch in meinem Haus!"

„Beruhige dich, meine Liebe", sagte Christopher

und lief zu seiner Frau, den Morgenrock fest um seinen untersetzten Leib geschlungen.

„Nun, Mrs. Hanley, was möchten Sie denn genau wissen?“, fragte Jimmie ernst.

„Ich möchte wissen, warum Nancy Randin geschrien hat, und ich möchte wissen, was Sie, Bob Martin und Arthur Foster in ihrem Zimmer gemacht haben, als ich hereinkam und sie dort erwischte.“

„Wo war denn Ihr Mann?“, fragte Jimmie.

„Ziehen Sie mich da nicht mit rein!“, rief Christopher.

„Ich habe mit alledem nichts zu tun. Ich war in meinem Zimmer und sonst nirgends.“

„In Ihrem eigenen Zimmer?“, fragte Jimmie.

„Ja, ich war in meinem eigenen Zimmer“, bellte Christopher.

„Nun, Tatsache ist doch“, sagte Jimmie in begütigendem Ton, „dass Mrs. Hanley uns nicht gestatten wird, ins Bett zu gehen, bevor nicht das Rätsel um Nancys Schrei gelöst ist. Bei genauer Betrachtung, meine Damen und Herren, gibt es nur einen einzigen Weg, wie wir das Geheimnis lüften können. Wenn Sie uns also etwas zu trinken bringen lassen, meine liebe Mrs. Hanley, dann werde ich diesen tragischen Kriminalfall für Sie lösen.“

„Christopher“, sagte Mrs. Hanley mürrisch, „geh raus und mach uns ein paar Cocktails.“

„Ich möchte gar nichts trinken“, erwiderte Christopher resigniert.

„Geh raus und mach ein paar Cocktails!“, beharrte Mrs. Hanley und klatschte in die Hände. „Ich kann doch Phipps nicht wecken. Ich will auf keinen Fall, dass die Diener etwas von diesem Skandal mitbekommen. Seit Jahren beherberge ich übers Wochenende Gäste in meinem Haus, und nie ist so etwas passiert.“

„Aber es ist Ihnen schon klar“, sagte Nancy, „dass Sie da einfach nur Glück hatten.“

„Ach so, ja!“, antwortete Mrs. Hanley und verzog den Mund.

„Christopher, gehst du jetzt in die Küche und mixt ein paar Cocktails?“

Christopher verschwand in die Küche, seinen Morgenrock fest um sich gewickelt.

„Nun, meine liebe Mrs. Hanley“, sagte Jimmie, ließ sich in einen Sessel fallen und zündete sich erneut eine Zigarette an, „was genau möchten Sie wissen?“

„Ich möchte wissen“, sagte Mrs. Hanley, und dabei stiegen ihr plötzlich Tränen der Wut in die Augen, „was Mrs. Randin veranlasste zu schreien und was drei Männer in ihrem Zimmer zu suchen hatten, als ich hereinkam und sie dort ertappte.“

„Verstehe“, erwiderte Jimmie nachdenklich. „Möchten Sie noch eine Zigarette, Mrs. Randin?“

„Danke, gerne“, sagte Nancy. „Sie können übrigens Nancy zu mir sagen.“

„Danke, Nancy“, sagte Jimmie. Er erhob sich von seinem Sessel, ging quer durchs Zimmer zu dem langen Konsolentisch, öffnete die Zigarettenkiste und entnahm ihr eine Handvoll Zigaretten. Mit entschuldigendem Blick schaute er zu Mrs. Hanley und sagte: „Verzeihen Sie, wenn ich all ihre Zigaretten nehme. Ich habe welche in meinem Gepäck und werde morgen früh ihren Vorrat wieder auffüllen.“

Er ging zu Nancy, beugte sich herunter und steckte ihr geschickt eine Zigarette zwischen ihre roten Lippen. Er zündete die Zigarette an und richtete sich wieder auf. Mrs. Hanley, Mrs. Martin und auch Mrs. Foster starrten ihn wütend an. Jimmie dachte, dass er in Bezug auf Blondinen ohne Makeup richtiggelegen hatte. Er warf einen flüchtigen Blick auf Martin und Foster, die ihn ihrerseits hohläugig anschauten. Es schien ihm, als hätten Männer generell Angst vor ihren Ehefrauen. Da war Foster, der einen beunruhigten und gejagten Ausdruck in den Augen hatte, wenn er zu seiner Helen herübersah; und Bob Martin, der einen Ausweg aus einer Situation zu suchen schien, die ihn mit Sorge erfüllte und ihm peinlich war.

Jimmie fand, dass die ganze Angelegenheit etwas Amüsantes und Absurdes hatte. Er betrachtete sie mit einem boshaft humorvollen Flackern in seinen braunen Augen. In Mrs. Christopher Keaton Hanley sah er eine Frau puritanischer Herkunft, wahrscheinlich aus Boston, die sehr altmodische und prüde Moralvorstellungen hatte. Aber, dachte Jimmie, wenn Mrs. Hanley unbedingt bis zum bitteren Ende weitermachen wollte, dann würde er schon Spaß an der Sache finden und eine kleine Schau abziehen.

Er betrachtete Mrs. Randin. Sie beobachtete ihn mit halb verschleiertem Blick. Der Rauch ihrer Zigarette stieg in Kringeln nach oben und hüllte ihr liebliches Gesicht in einen bläulichen Dunst. Jimmie schaute sie sehr ernst an und sie blickte sehr ernst zurück. Er überlegte, was sie gerade dachte, und sie fragte sich, worüber er wohl nachdachte.

Im Übrigen betrachtete Nancy Mrs. Hanley mit amüsierter Gelassenheit. Sie fand durchaus, dass es ihre Pflicht war zu schweigen und ihrer Gastgeberin zu erlauben, ihre eigenen Moralvorstellungen bei den Wochenendgästen durchzusetzen.

Mrs. Martin ging zu einer der Terrassentüren, zog die Vorhänge beiseite und schaute hinaus, während sie mit einem ihrer Pantoffeln nervös auf den Boden tippte. Ihr Mann warf ihr heimlich einen Blick zu. Dann schaute er rasch zu Jimmie hinüber, der ihn verstohlen anlächelte, so, als wollte er sagen: „Ich hab dich davor gewarnt, in ihr Zimmer zu gehen."

Mrs. Hanley ließ sich auf einem der Sessel am großen Kamin nieder und faltete ihre Hände im Schoß. Sie schien plötzlich sehr erschöpft zu sein.

Jimmie sagte: „Mrs. Hanley, lassen Sie mich die Sache erst einmal richtig verstehen, bevor ich sie für Sie aufkläre."

„Es gibt nichts zu verstehen, überhaupt nicht", erwiderte Mrs. Hanley mit trotziger Miene. „Die Sache ist im Grunde ganz einfach. Sie alle sind meine Gäste. Einige von Ihnen habe ich eingeladen, andere wurden von Christopher eingeladen."

„Richtig", sagte Jimmie. „Mich hat Christopher eingeladen und ich habe mich sehr darüber gefreut. Schade, dass jetzt schon Sonntag früh ist. Ich wage gar nicht daran zu denken, am Montagmorgen wieder in die Stadt zurückkehren zu müssen. Sie waren eine wunderbare Gastgeberin, Mrs. Hanley. Ich komme gerne wieder."

„Oh ja, tun Sie das", sagte Mrs. Hanley mit unterdrücktem Zorn. „Es ist klar, Mr. Landon, dass Vorfälle dieser Art in einigen Landhäusern nicht weiter beachtet werden würden. Aber wenn Nancy von einem oder mehreren Männern belästigt wird, die mitten in der Nacht heimlich in ihr Schlafzimmer schleichen, dann möchte ich wissen, was passiert ist – und ich werde es erfahren!"

„Selbstverständlich", sagte Jimmie.

„Und ich möchte auf jeden Fall wissen, ob mein Ehemann dieser Mann war“, sagte Helen Foster grimmig.

Jimmie setzte sich auf einen Sessel und schlug die Beine übereinander. Er warf Nancy einen etwas ratlosen Blick zu.

Dann sagte er: „Nun, Mrs. Randin ...“

„Bitte nennen Sie mich doch Nancy.“

„Also, Nancy, ich bin Anwalt ...“

„Ja, ich habe schon von Ihnen gehört, Jimmie.“

„Das freut mich“, sagte Jimmie. „Meiner Meinung nach gibt es nur einen einzigen Weg, diese unerfreuliche Geschichte zu einer befriedigenden Lösung zu bringen: Wir müssen davon ausgehen, dass ein Mord begangen wurde.“

„Es *ist* doch niemand ermordet worden!“, rief Mrs. Hanley mit einer ärgerlichen und hilflosen Geste.

„Aber ich finde, dass wir das einfach mal annehmen sollten, Mrs. Hanley“, sagte Nancy mit einem Lächeln, bei dem sich ihre roten Lippen leicht öffneten, wodurch sie noch hinreißender aussah als zuvor.

Mrs. Hanley wand sich in ihrem Sessel und eine Welle des Ärgers huschte über ihr rundes Gesicht. Einen Augenblick saß sie da und schaute Nancy einfach nur an, dann sagte sie: „Meine Liebe, würden Sie bitte Ihr Negligé herunterziehen? Es sind Herren anwesend.“

Vera Martin bemerkte mit einem herablassenden Lachen: „Ich bin sicher, dass Nancys allgemein bekannte Neigung zur Koketterie und …“

„Moment mal bitte, Mrs. Martin“, sagte Jimmie, während er seine Zigarette in einem Aschenbecher ausdrückte. „Wir können das hier nicht erfolgreich zu Ende bringen, wenn wir die ganze Zeit nur Mrs. Randin mit Beschuldigungen überhäufen.“

„Das war keine Beschuldigung“, erwiderte Vera bissig.

„Aber Sie haben mich als kokett bezeichnet“, sagte Nancy vorwurfsvoll.

„Sehen Sie …“, begann Jimmie, wurde aber sofort von Bob Martin unterbrochen, der ein „Herrgott noch mal!“ von sich gab.

„Wie bitte?“, fragte Jimmie leise.

„Er hat ‚Herrgott noch mal!‘ gesagt“, erklärte Nancy ihm mit einem kleinen Seufzer.

„Wo ist Christopher!“, Mrs. Hanley sprang abrupt auf und starrte auf die Tür, durch die Christopher verschwunden war.

„Er ist in der Küche und mixt Cocktails“, sagte Jimmie. „Sobald er zurück ist, beginnen wir mit dem Verhör.“

„Was für ein Verhör?“, fragte Arthur Foster verzweifelt.

„Wieso?“, erwiderte Jimmie mit einem Lächeln.

„Ich werde jeden hier in diesem Zimmer befragen, um herauszufinden, was Nancy passiert ist."

„Machen Sie sich nicht lächerlich", protestierte Bob, rutschte auf seinem Sessel herum und stieß dabei einen Aschenbecher von der Lehne; einen Aschenbecher, der in der Stille des Zimmers mit einem Knall auf den glänzend polierten Boden schlug.

Jimmie sagte: „Sie scheinen nervös zu sein."

„Natürlich ist er nervös", brach es aus Mrs. Martin heraus. „Er will nicht, dass ich erfahre, was er in Mrs. Randins Zimmer gemacht hat."

„Ich habe nichts in Mrs. Randins Zimmer gemacht", verteidigte sich Bob. „Ich habe sie schreien gehört, bin aus dem Bett gesprungen und habe meinen Morgenrock angezogen. Ich dachte, es sei ihr etwas zugestoßen, deshalb bin ich hinübergerannt und …"

„Einen Augenblick bitte", flehte Jimmie. „So führt das doch zu nichts. Dazu kommen wir später."

Christopher kam mit einem großen Tablett herein, auf dem er Gläser, Eiswürfel, einen riesigen Cocktailshaker und eine Karaffe Whisky transportierte.

„Ah", sagte Jimmie und betrachtete das Tablett.

„Wo bist du denn gewesen, Christopher?", entfuhr es Mrs. Hanley.

Christopher antwortete heiser: „In der Küche, meine Liebe.“

„Wir werden uns jetzt alle einen Drink genehmigen“, sagte Jimmie, „und dann kommen wir zur Sache. Bitte reichen Sie die Cocktails herum, Christopher.“

Jimmie lehnte sich in seinem Sessel zurück und beobachtete Christopher, wie er schweigend umherlief und Cocktails servierte. Christopher war ein kleiner, untersetzter Mann, der auf die sechzig zuging und jetzt in dieser belastenden und peinlichen Situation etwas Verstohlenes und Bestürztes an sich hatte. Jimmie war völlig klar, dass im Hanley'schen Haushalt Myra die Hosen anhatte. Es war ihm auch sonnenklar, dass Christopher tief in seinem Herzen von leidenschaftlichen Liebesgeschichten und den Abenteuern der Jugend träumte.

Als er zu Nancy kam und ihr einen Cocktail reichte, schien Christopher ein wenig zu zittern. Mrs. Hanley beobachtete ihn argwöhnisch. Und als Nancy das Glas nahm, wandte er sich mit einem entschuldigenden Lächeln ab und verschüttete dabei einen anderen Cocktail auf seinem Morgenrock.

Jimmie sagte: „Sie scheinen auch nervös zu sein, Christopher.“

„Überhaupt nicht!“, knurrte Christopher. Er ging hinüber zu einem Sessel und ließ sich mit einem

Stöhnen hineinfallen. „Das alles hier ist reiner Unsinn, bis nach zwei Uhr nachts aufzubleiben und über eine Frau zu diskutieren – darüber, warum eine Frau in meinem Haus geschrien hat."

„Ach ja?", sagte Mrs. Hanley mit einem schiefen Lächeln.

Jimmie erhob sich und nahm die Whiskykaraffe und ein Glas vom Tablett. Dann ging er hinten um den langen Konsolentisch herum, setzte sich in einen Sessel und wandte sich mit dem Whisky an seiner Seite seinem Publikum zu.

„Jetzt", sagte Jimmie, „werden wir uns dieser Angelegenheit mit der Methode der Schlussfolgerung widmen. Ich denke, Sie alle wissen, dass ich ein erfahrener Strafrechtler bin. Ich vertrete auch Scheidungsfälle. Es gibt nur einen Weg, wie wir ein Problem dieser Art lösen können. Aber bevor ich hier zu tief in die Materie einsteige, Mrs. Hanley, gehe ich richtig in der Annahme, dass Sie unbedingt herausfinden wollen, warum Mrs. Randin in ihrem Bett geschrien hat? Oder möchten Sie die Sache doch lieber auf sich beruhen lassen beziehungsweise auf nach dem Frühstück vertagen?"

„Ich will es *jetzt* erfahren, bevor ich zu Bett gehe", stieß Mrs. Hanley bissig hervor. „Ich dulde nicht, dass mein Haus missbraucht wird für eine … eine …"

„*Liaison*", sagte Jimmie intuitiv. „Nun, ich möchte,

dass alle die Wahrheit sagen. Wenn jeder die Wahrheit sagt, sollten wir innerhalb der nächsten zwei Stunden alle ins Bett kommen."

„Mein Gott!", stöhnte Christopher.

„Ich wäre schon jetzt gerne im Bett", sagte Nancy, schob sich ein weiteres Kissen unter ihren hübschen Kopf und zog ihre schlanken Beine auf das Sofa.

„Bitte", sagte Mrs. Hanley ärgerlich, „ziehen Sie Ihr Negligé herunter, wenn Sie Ihre Beine hier so präsentieren, Nancy!"

„Verzeihen Sie vielmals", erwiderte Nancy mit einem kleinen Stirnrunzeln. „Aber das sind doch alles verheiratete Männer, mit Ausnahme von Jimmie."

„Kümmern Sie sich nicht um mich", sagte Jimmie mit einem einnehmenden Lächeln. „Ich weiß alles über Frauen und habe Anatomie studiert."

„Ich hoffe, es hat Ihnen gefallen", sagte Nancy mit einem kleinen Seufzer.

„Ja, hat es", erklärte Jimmie ihr ernst. „Es hat mich gelehrt, nicht nach Dingen zu suchen, die ich bereits kenne. Wir fangen jetzt an."

Zweites Kapitel

Jimmie holte eine Zigarette aus der Tasche seines Morgenrocks und zündete sie an. Dann lehnte er sich über den Tisch, das Gesicht auf seine Hände gestützt. Im Raum wurde es plötzlich ganz still. Draußen quakten die Laubfrösche im Junimorgen. Mrs. Martin hatte die Vorhänge der Terrassentüren leicht zurückgezogen gelassen und ein vorwitziger Streifen Mondlicht fiel ins Zimmer und huschte verspielt über einen der teuren Teppiche.

Jimmie verkündete: „Wir sollten mit dem Opfer beginnen, das heißt mit dem Opfer des vereitelten Liebesanschlags …“

Mrs. Hanley gab ein entsetztes „Mein Gott!“ von sich.

„Was ist?“, fragt Jimmie höflich, drehte sein immer noch aufgestütztes Gesicht und schaute zu Mrs. Hanley.

„Sie sagte: ‚Mein Gott!‘“, bemerkte Christopher heiser aus den Tiefen seines Sessels am anderen Ende des Raumes. Seine Augen sahen sehr schläfrig aus und sein Gesicht war nach wie vor gerötet.

„Oh, verstehe“, sagte Jimmie und fixierte Mrs. Hanley mit seinem Blick. Sie starrte trotzig zurück. „Dann glauben Sie also nicht, dass der Eindringling derartige Absichten hatte?“

„Woher soll ich das wissen?“ Mrs. Hanley antwortete mit einem nervösen und ein wenig anzüglichen Kichern. „Wenn Nancy natürlich einen Mann in ihrem Zimmer erwartet hatte …“

„Warum, Myra“, erwiderte Nancy vorwurfsvoll, „dann hätte ich ja wohl nicht geschrien. Keine wohlerzogene Frau schreit, wenn etwas Erwartetes eintrifft.“

„Bestimmt nicht!“, sagte Mrs. Hanley und zupfte an ihrer Kette aus echten Perlen.

„Also“, erklärte Jimmie, „das verzögert die ganze Sache doch nur.“ Er warf Nancy einen kurzen Blick zu. „Wir werden mit dem Opfer des Verbrechens beginnen müssen, das heißt: mit dem Opfer des *versuchten* Verbrechens.“

„Selbstverständlich“, sagte Nancy. „Ich wurde ja nicht ermordet, also kann ich verhört werden.“

„Lächerlich!“, brummte Christopher.

„Bitte sei leise“, sagte Mrs. Hanley und brach völlig ohne Grund in Tränen aus.

„Schon gut, Liebes“, murmelte Christopher und erhob sich nervös von seinem Sessel.

„Halt den Mund!“, kreischte Mrs. Hanley.

„Setzen Sie sich bitte“, sagte Jimmie. „Ich werde jetzt Nancy befragen.“

„Wo werden Sie mich befragen?“, erkundigte sich Nancy naiv.

„Genau hier in diesem Zimmer“, sagte Jimmie mit einem matten Anwaltslächeln.

„Einverstanden“, erwiderte Nancy, „ich werde die Wahrheit sagen.“

„Das will ich hoffen“, sagte Jimmie, „denn das ist die einzige Möglichkeit, Mrs. Hanley mitzuteilen, was sie wissen will.“

„Das ist doch alles dummes Zeug“, erklärte Christopher, schob seine Hände verbissen in die Taschen seines Morgenrocks und versank noch tiefer in seinem Sessel.

„Sehen Sie“, sagte Jimmie entnervt, „jetzt haben Sie mich schon wieder aus dem Konzept gebracht.“

„Sie hatten doch nie eins“, warf Bob Martin ziemlich gereizt ein. „Das Ganze hier ist doch verdammter Unsinn. Jeder von uns ist hier zu Gast und wir kennen uns alle. Mrs. Randin hat mitten in der Nacht zufällig geschrien, weil sie irgendetwas erschreckt hat …“

„Es reicht“, sagte Jimmie. „Was Sie sagen, ist komplett unerheblich, Bob. Die Sache, die Nancy erschreckt hat, ist genau die Sache, hinter der wir her sind – ich meine natürlich theoretisch, nicht praktisch. Das heißt, wenn wir wissen, warum sie geschrien hat, haben wir die Lösung des Rätsels, das uns alle am Schlafen hindert. Ein Geheimnis, das Mrs. Hanley so sehr erzürnt hat, dass sie fest entschlossen ist herauszufinden, ob irgendein Mann ihrer Wochenendgesellschaft mitten in der Nacht heimlich in Mrs. Randins Zimmer geschlichen ist, in der festen Absicht …"

„Hören Sie auf ", rief Mrs. Hanley errötend. „Wir wissen, was Sie meinen, aber bitte verschonen Sie uns mit Ihrer juristischen Unverblümtheit."

„Fahren wir also fort", sagte Jimmie. Er betrachtete Nancy und auch sie schaute ihn an. Jimmie fand, dass sie etwas Unwiderstehliches an sich hatte. Vielleicht war es die Art, wie sie auf dem Sofa lag und die ihre wunderbaren Kurven bestens zur Geltung brachte. Er fand, ihr Negligé ließ kaum etwas zu wünschen übrig. Vor seinem inneren Auge blitzte ein Bild von Cleopatra auf. Natürlich war das eine reine Fantasievorstellung, aber Nancy war eben ein Mädchen, das die Fantasie eines jeden Mannes entzündete.

Jimmie schüttelte sich innerlich und sagte: „Also gut. Nun, Mrs. Randin …"

„Nennen Sie mich bitte Nancy."

„Aber ich kann Sie nicht Nancy nennen, wenn ich Sie verhöre."

„Gut", erwiderte Nancy, „wenn es wirklich so formal zugehen muss …" Sie setzte sich aufrecht auf das Sofa, spitzte ihre roten Lippen und lehnte sich vor, das Kinn auf eine Handfläche gestützt.

„Gehe ich recht in der Annahme“, sagte Jimmie vorsichtig, „dass Sie Witwe sind?“

„Ja, ich bin verwitwet“, erwiderte Nancy.

„Wie alt sind Sie, Mrs. Randin?“

„Sie meinen in Wirklichkeit?“

„Ja, natürlich.“

„Na ja“, sagte Nancy und starrte auf den Boden, „ich bin so um die siebenundzwanzig.“

„Es tut mir sehr leid, Sie zu unterbrechen, Mr. Landon“, sagte Mrs. Hanley mit einem Lächeln, „aber vor zwei Wochen bei den Brownes hat mir Nancy erzählt, dass sie schon über dreißig sei.“

„Sind Sie um die siebenundzwanzig oder dreißig?“, fragte Jimmie.

„In Wirklichkeit um die siebenundzwanzig“, antwortete Nancy ernst.

„Und Sie sind Witwe?“

„Ja, ich war Witwe.“

„Waren Sie denn mehr als einmal verheiratet?“

„Oh nein. Einmal war genug.“

„Was für einen Unterschied macht da ihr Alter?“, wollte Christopher wissen, setzte sich in seinem Sessel auf und fixierte Jimmic unter schweren Augenlidern.

Jimmie sah ihn an. „Ich wollte einfach nur wissen, ob sie die Wahrheit sagt.“

„Hah!“, erwiderte Christopher und ließ sich zurück in seinen Sessel fallen. „Das ist doch der verdammteste, der gottverdammteste …“

„Christopher!“, rief Mrs. Hanley, sprang von ihrem Sessel auf und starrte ihren Mann mit flammendem Blick an.

„Schon gut, meine Liebe“, sagte Christopher kleinlaut, „aber so ist es doch.“

„Ganz meine Meinung“, murmelte Arthur Foster.

„Ach, findest du!“, sagte Mrs. Foster mit einer verächtlichen Kopfbewegung.

„Also, Mrs. Randin“, begann Jimmie erneut, „da ich nichts über Sie weiß, werden Sie verstehen, dass ich Ihnen eine Reihe intimer Fragen stellen muss, um dieses Verhör auf intelligente Weise durchführen zu können.“

„Oh, das geht schon in Ordnung“, erwiderte Nancy lächelnd. „Ich habe nichts gegen Intimität.“

„Das kann ich mir denken“, stimmte ihr Mrs. Hanley höhnisch zu.

Jimmie richtete seinen Blick auf Mrs. Hanley. Sie war ziemlich blass, hatte dunkle Ringe unter den Augen und sah aus, als bräuchte sie dringend Ruhe. Dennoch war sie eine dieser fest entschlossenen und unermüdlichen Frauen, die keine Ruhe gaben, wenn es darum ging, einen Skandal ans Licht zu bringen.

Jimmie fragte: „Mrs. Hanley, haben Sie *Lysistrata* gesehen?“

„Ja, natürlich habe ich *Lysistrata* gesehen“, erwiderte Mrs. Hanley kühl.

„Dann“, sagte Jimmie, „wissen Sie ja, dass die alten Griechen ein Wort dafür hatten.“

„Ein Wort wofür?“, bellte Christopher aus seinem Sessel am anderen Ende des Raumes.

Nancy gähnte und strich sich mit ihrer schlanken weißen Hand über die Augen. Sie betrachtete Jimmie mit einem leicht ungläubigen Lächeln, so als hätte sie in diesem Haus auf Long Island, in dem die Society-Dame Mrs. Christopher Keaton Hanley und ihr Ehemann Christopher lebten, eine fremde und unwirkliche Welt betreten.

Plötzlich breitete sich ein Schweigen aus. Es war ein wohlerzogenes und zugleich peinliches Schweigen. Alle schauten Christopher an, der das aber nicht zu bemerken schien. Dieser wiederum starrte zu Jimmie und dachte bei sich, dass dieser ein verdammter Narr sei. Es ging ihm durch den Kopf, dass Jimmie den Ruf eines klugen Anwalts hatte, aber ebenjetzt schien es Christopher, als wäre Jimmie einfach nur ein Esel.

Das Schweigen dauerte an. Es hielt sich so hartnäckig, dass Mrs. Hanley sich nervös räusperte und Mrs. Martin ihre Beine übereinanderschlug.

Nancy lag wieder bequem auf dem Sofa mit ein paar Kissen unter dem Kopf. Sie war ungewohnt nachdenklich. Sie dachte über Jimmie nach und fragte sich, woher er wohl seinen Sinn für Humor hatte. Es war schon ein ziemlich düsterer, boshafter Humor für einen so jungen Mann. Ein Humor mit einer Prise Sarkasmus und Frechheit sowie einem Hauch von Sex, der einfach jede Frau faszinierte. Sie erinnerte sich daran, dass er etwas über Freud gesagt hatte, als er sie gestern Abend im Garten küsste. Und sie hatte ihm erwidert, dass sie Freud mit seiner Sex-Philosophie für ziemlich altmodisch hielt.

Nancy verspürte Lust auf eine weitere Zigarette, wollte Jimmie aber auf keinen Fall stören. So blieb sie in ihrer bequemen Position liegen, studierte ihn mit halb geschlossenen Augen und versuchte, sich ein Bild von ihm zu machen. Die anderen bemerkten das nicht, da niemand ihre Augen sah. Jimmie besaß eine gewisse Würde, obwohl er lediglich einen Pyjama und Morgenrock trug. Sie fühlte, dass sie sich auf jeden Fall als eine seiner besten Zeuginnen erweisen würde, sollte er ihre Befragung fortsetzen. Außerdem fand sie, dass Jimmie verdammt gut aussah, mit seinem dunklen Haar und seinen hellbraunen Augen, in denen kleine Glanzpunkte funkelten. Sie hatte gehört, dass Jimmie viel Geld und eine große Anwaltskanzlei besaß, dass er bisweilen in demokratische Parteipolitik verwickelt wurde und ihm sogar schon einmal eine (wenn auch wackelige) Nominierung für einen Gouverneursposten angetragen worden war. Er hatte damals mit der Begründung abgelehnt, er trinke nicht, obwohl er jetzt gerade hinter dem Konsolentisch saß, die Whiskykaraffe fest an seiner Seite, und sie ihn schon drei Drinks hatte nehmen sehen, obwohl es noch nicht einmal Morgen war.

Jimmie saß da und hatte den Blick fest auf Christophers Gesicht geheftet. Er hatte Hanley immer gemocht. Christopher war an vielfältigen wirtschaftlichen Unternehmungen interessiert und Jimmie war seit drei Jahren sein Anwalt. Myra hatte etwas an sich, was ihn immer dazu brachte sich zu fragen, warum Christopher sie geheiratet hatte … aber nüchtern betrachtet wurde ihm auch klar, dass Männer nicht für die Unzulänglichkeiten ihrer Frauen verantwortlich waren.

Er schaute zu Nancy. Sie hatte die Augen weit geöffnet und betrachtete ihn mit ruhigem, sachlichem Blick.

Jimmie sagte: „Also, Mrs. Randin, seit wann kennen Sie Mrs. Hanley?"

Ohne sich auf dem Sofa zu rühren, antwortete Nancy: „Na, seit etwa zwei Jahren, mal mehr mal weniger."

Mrs. Hanley warf Nancy einen giftigen Blick zu, sagte aber nichts. Ein gedämpftes Schweigen lag über dem Raum. Draußen quakten im nächtlichen Mondschein noch immer die Laubfrösche.

„Und hat Mrs. Hanley Sie zu dieser Wochenendparty eingeladen?“, fragte Jimmie.

„Oh ja“, erwiderte Nancy. „Letzte Woche, als wir auf der Jacht der Brownes waren, erzählte mir Myra, dass sie eine Wochenendparty veranstalten würde, und fragte mich, ob ich kommen könnte.“

„Was haben Sie geantwortet?“

„Ich sagte: ‚Sehr gerne.‘“

„Und, sind Sie gekommen?“

„Ja, ich bin hier.“

„Nun, Mrs. Randin, verschiedene Menschen in diesem Raum haben durchblicken lassen, dass Sie einen gewissen Ruf haben.“

„Was denn für einen Ruf?“, fragte Nancy.

„Das weiß ich nicht“, gab Jimmie zu. „Aber genau das muss ich herausfinden. Wie lange ist denn Ihr Ehemann schon tot?“

„Oh, er ist nicht tot“, erwiderte Nancy mit einem kleinen Seufzer. „Wir sind nur geschieden.“

„Haben Sie sich von ihm oder er sich von Ihnen scheiden lassen?“

„Also“, sagte Nancy, „es war eigentlich fifty-fifty.“

„Wie lange sind Sie schon von Ihrem letzten Mann geschieden?“

„Es war nur einer“, sagte Nancy.

„Ich wollte sagen, von Ihrem Exmann."

„Ungefähr zwei Jahre."

„Gab es Unstimmigkeiten in Ihrer Ehe?"

„Viele."

„Hat er Sie jemals beschuldigt, zu viel zu flirten?"

„Oh ja", gestand Nancy mit einem schwachen Lächeln, „morgens, mittags und abends."

„Was hab ich gesagt!", rief Mrs. Hanley triumphierend. „Jetzt nähern wir uns der Wahrheit."

„Pah!", murmelte Christopher. „Der Typ dort hinter dem Tisch ist doch betrunken. Ich kenne ihn schon seit Jahren – er macht sich einfach lustig über dich, meine Liebe."

„Oh nein", sagte Jimmie, „ich mache mich nicht über Sie lustig. Ich versuche ganz ernsthaft, ein Rätsel für Sie zu lösen."

Mrs. Hanley schaute zu ihrem Ehemann: „Du bist still, Christopher", sagte sie ungnädig.

„Nun, Mrs. Randin", sagte Jimmie und klopfte mit einem bronzenen Brieföffner auf den Tisch, „es scheint offenkundig, dass auch Ihr Ehemann fand, dass Sie einen gewissen Ruf haben."

„Ja", räumte Nancy ein. „Scheinbar glaubte er, dass ich nicht immer treu gewesen war. Ich habe schon als Kind einen Sex-Komplex entwickelt."

„Grässlich!", sagte Mrs. Hanley mit gepresster Stimme.

„Was genau meinen Sie mit einem Sex-Komplex?“, fragte Jimmie geduldig.

„Nun“, erklärte Nancy, setzte sich auf, ließ ihr Kinn in einer ihrer schlanken Hände ruhen und starrte nachdenklich auf den Boden, „als ich ein Kind war, begann ich mich für den Unterschied zwischen Jungen und Mädchen zu interessieren.“

„Verstehe“, sagte Jimmie. „Sie verfügten also schon früh über sexuelles Wissen?“

„Ja“, gab Nancy zu. „Ich habe immer gewusst, dass es das gibt.“

„Ich möchte Ihnen nicht zu nahe treten, Mrs. Randin, aber dürfte ich Sie Folgendes fragen …“

„Selbstverständlich“, sagte Nancy.

„Waren Sie Jungfrau, als Sie Ihren Mann geheiratet haben?“

„Meistens“, erklärte Nancy.

„Nein, ich meine zum Zeitpunkt Ihrer Eheschließung.“

„Oh ja. Ziemlich.“

„Aber Sie wissen schon, was eine Jungfrau ist?“, fragte Jimmie, beugte sich über den Tisch und nahm sich noch eine Handvoll Zigaretten aus der Zigarettenkiste.

„Ja“, sagte Nancy. „Das sind Inseln.“

„Was sind Inseln?“, rief Christopher quer durch den Raum.

„Die Jungferninseln", sagte Nancy mit einem kleinen Lächeln.

Christopher erhob sich aus seinem Sessel und begann durchs Zimmer zu laufen, die Hände tief in den Taschen seines Morgenrocks vergraben.

Mrs. Hanley saß da und starrte ihm hinterher. Eine Röte war ihr in die Wangen gestiegen und ihre Augen glitzerten leicht. Sie begann zu glauben, dass Jimmie und Nancy beide betrunken waren und dass sie es absichtlich darauf anlegten, sie zu verspotten. Sie beschloss aber, nichts zu sagen und erst einmal abzuwarten, wie es weiterging.

„Worauf ich hinauswill", sagte Jimmie, „ist die Grundlage für weitere Schlussfolgerungen. Das heißt, ich wurde von gewissen Leuten bei dieser gerichtlichen Untersuchung der Todesursache in dem Glauben gelassen ..."

„Wovon reden Sie!", brüllte Christopher, umkreiste Jimmie und stierte ihn wütend an. „Das ist doch keine gerichtliche Untersuchung der Todesursache, die macht man doch nur, wenn es eine Leiche gibt."

„Wir nehmen ja nur an", erwiderte Jimmie mit geduldiger und freundlicher Festigkeit, „dass wir einen Leichnam haben. Denn ein Kriminalfall ist immer ein Kriminalfall, egal ob es sich um einen rätselhaften Mord oder um ein Sexualdelikt handelt."

„Sie sind ja verrückt!“, knurrte Christopher.

„Meine Damen und Herren“, sagte Jimmie grimmig, „wir können genauso gut unsere Karten auf den Tisch legen und offen über alles reden. Mrs. Hanley hat unterstellt, dass irgendein Mann in Mrs. Randins Schlafzimmer geschlichen ist und vergeblich versucht hat, mir ihr zu schlafen.“

„Das habe ich nie gesagt!“, rief Mrs. Hanley mit sehr rotem Gesicht.

„Oh, ich weiß, was Sie gesagt haben“, bemerkte Nancy kühl, zog ihr Negligé noch fester um sich, so dass auch der Rest ihrer wunderbaren Kurven zutage trat. „Und Jimmie weiß auch, was Sie gesagt haben. Das, was Sie begonnen haben, werde ich jetzt zu Ende bringen. Ich werde jede Frage beantworten, die mir über meine Vergangenheit gestellt wird, und ich hoffe, er wird auch Sie dazu bringen, all Ihre dunklen Geheimnisse zu erzählen.“

„Ich habe keine Geheimnisse“, sagte Mrs. Hanley mit einem eisigen Lächeln.

„Tatsache ist doch, Mrs. Hanley“, sagte Jimmie mit einer leisen, aber sehr deutlichen Anwaltsstimme, „dass Sie Mrs. Randin beschuldigt haben, im Laufe dieses Wochenendes einen lockeren Lebenswandel an den Tag gelegt zu haben, und ich halte es für meine Pflicht, dieser Sache auf den Grund zu gehen.“

„Das passt mir sehr gut“, sagte Mr. Hanley. „Ich

weiß, was ich gesehen habe, als ich in ihr Zimmer kam."

„Dazu kommen wir später", bemerkte Jimmie. „Eine Zeugin nach der anderen."

„Jetzt bin ich im Zeugenstand", sagte Nancy ernst.

„Lassen Sie uns fortfahren", sagte Jimmie und fuhr sich mit den Fingern durch sein dunkles Haar. „Also, entweder wurde Mrs. Randin das reizende Ziel eines unerwünschten, mitternächtlichen Besuches, oder sie wusste, was bevorstand, und als das Erwartete nicht eintrat und sie bemerkte, dass der falsche Mann im Zimmer war, schrie sie. Ich habe keine Zweifel, dass so etwas bei anderen Landpartien am Wochenende schon vorgekommen ist. Es gibt eine gewisse moralische Laxheit bei Wochenendpartys in Landhäusern. Die Leute fühlen sich wie Kinder beim Spielen. Sie sind begierig darauf, die Stadt zu verlassen, und wenn sie dann auf dem Land angekommen sind, fangen sie einfach an herumzutollen."

„Also", sagte Mrs. Hanley kühl, „niemand ist jemals in meinem Haus herumgetollt."

„Das tut hier nichts zur Sache", erwiderte Jimmie ihr mit einem Lächeln. „Es ist sogar geradezu irrelevant." Er schaute Nancy an. „Mrs. Randin, warum ließ Ihr Mann sich zu fünfzig Prozent von Ihnen scheiden?"

„Es waren einhundert Prozent“, sagte Nancy.

„Ich meine, ihm wurden fünfzig Prozent der Schuld an der Scheidung zur Last gelegt und Ihnen die anderen fünfzig Prozent. Zumindest haben Sie das vorhin behauptet. Worauf gründete er denn seine fünfzig Prozent?“

„Er hat mich ertappt, als ich einen anderen Mann küsste“, gestand Nancy.

„Hab ich’s mir doch gedacht“, murmelte Mrs. Hanley mit einem schlangenhaften Glitzern in ihren Augen. „Sehen Sie, Mr. Landon bringt Ihren wahren Charakter ans Tageslicht.“

Jimmie fragte: „Warum haben Sie einen anderen Mann geküsst, Mrs. Randin?“

„Es war einfach ein Impuls“, sagte Nancy. „Ein Drang.“

„Dann geben Sie also zu“, sagte Jimmie, „dass Sie schon vieles in Ihrem Leben getan haben, um diesen gewissen Ruf aufzubauen?“

„Ja“, antwortete Nancy, „ich war immer sexbewusst.“

„Mein Gott!“, murmelte Christopher und ließ sich in einer entfernten Ecke des Raumes auf einen kleinen Diwan fallen. Niemand beachtete ihn; alle schauten nur auf Nancy.

„In gewisser Hinsicht“, fuhr Jimmie fort, „geben Sie also zu, dass Mrs. Hanley recht hatte, als Sie

Ihnen unterstellte, ein besonderes Gespür für Sexualität und Männer zu haben?“

„Oh ja“, erwiderte Nancy.

Jimmie sagte zu ihr: „Das reicht jetzt fürs Erste.“ Er goss etwas Whisky aus der Karaffe in sein Glas und leerte es in einem Zug.

Christopher rief quer durchs Zimmer: „Hören Sie auf, Whisky zu trinken! Sie sind doch schon betrunken.“

„Mein lieber Freund“, sagte Jimmie und erhob sich von seinem Sessel hinter dem Tisch, „betrunken bin ich immer am besten. Und Sie sehen, wir kommen vorwärts. Mrs. Randin hat bereits zugegeben, dass sie einen Ruf hat, der uns annehmen lässt, dass sie gar nicht abgeneigt wäre, einem Mann zu gestatten, während einer Wochenendparty in ihr Schlafzimmer zu kommen.“

Christopher schnaubte: „Hah!“, und ließ sich zurück auf den Diwan fallen.

Drittes Kapitel

Jimmie stand hinter dem langen Konsolentisch und schaute auf seine Armbanduhr. Er hatte vergessen, sie abzunehmen, als er ins Bett gegangen war. Er hatte die Angewohnheit, die Uhr abzulegen, wenn er schlafen ging, denn er fand, das Armband um sein Handgelenk schnüre ihm die Blutzirkulation ab.

Nancy fragte: „Wie spät ist es?“

Jimmie antwortete: „Zwanzig vor drei.“

Christopher brummte: „Mein Gott!“

„Jetzt“, sagte Jimmie und wandte seinen Blick Mrs. Hanley zu, „würde ich gerne Ihnen einige Fragen stellen, bevor ich auf Mrs. Randin zurückkomme und mich dann den anderen Zeugen zuwende.“

„Sie können mich fragen, was Sie wollen“, versicherte ihm Mrs. Hanley mit einem undurchsichtigen Lächeln, das alles hätte bedeuten können. „Ich werde die Wahrheit sagen.“

„Das hoffe ich“, erwiderte Jimmie.

Nancy fragte mit bettelnder Stimme: „Könnten Sie mir bitte eine Zigarette geben?“

Jimmie ging hinüber zum Sofa, blieb davor stehen und schaute zu ihr herab. Er hatte plötzlich den unwiderstehlichen Wunsch, niederzuknien und sie zu küssen. Sie muss einen ähnlich unwiderstehlichen Wunsch verspürt haben, denn ihre Augen hatten einen solchen Glanz, der Jimmie für einen Augenblick vollkommen bezauberte.

Er nahm eine Zigarette aus der Tasche seines Morgenrocks und reichte sie ihr. Dann gab er ihr Feuer und sie murmelte: „Danke."

Jimmie drehte sich um und betrachtete Mrs. Hanley nachdenklich. Sie saß da, die Hände im Schoß gefaltet, und schaute ihn mit einer derart frommen Miene an, dass er langsam den Eindruck bekam, dass sie Tratsch und Skandale einfach liebte.

„Meine Liebe", sagte Christopher müde, „ich gehe ins Bett. Du kannst ja bis zum Morgengrauen aufbleiben und diesem Typen erlauben, sich zu amüsieren, wenn du magst."

Mrs. Hanley drehte sich langsam in ihrem Sessel und heftete ihren Blick fest auf das Gesicht ihres Mannes. „Du gehst nicht ins Bett, Christopher, du steckst hier auch mit drin."

„Tu ich nicht", sagte Christopher verdrießlich. „Ich weiß nichts von der ganzen Angelegenheit. Ich war in meinem Zimmer, als der ganze Aufruhr anfing."

„Zu Ihnen komme ich später", sagte Jimmie bedeutungsvoll. „Und denken Sie daran: Alles, was Sie jetzt sagen, kann später gegen Sie verwendet werden."

„Ach, zum Teufel!", sagte Christopher. „Wenn Sie

ein Spiel spielen wollen, warum haben Sie damit nicht nach dem Abendessen angefangen?“

„Es gab keinen Kriminalfall nach dem Abendessen“, erwiderte Jimmie. „Es gab kein Problem. Hier haben wir jetzt ein klar umrissenes Geheimnis ohne Tathinweise. Wer war in Mrs. Randins Schlafzimmer und warum hat sie geschrien?“

Bob bemerkte säuerlich: „Ich habe auch nichts gegen Spiele, aber ich mag sie nicht zu dieser nächtlichen Stunde.“

„Mir scheint sowieso“, sagte Vera kühl und warf ihrem Mann einen Blick zu, „dass du im Hinblick auf die Sache auffällig schweigsam bist.“

„Wieso, das ist doch sowieso alles reiner Blödsinn!“, rief Mr. Martin wütend.

„Das ist es mit Sicherheit“, stimmte Arthur Foster mit müder Stimme zu.

„Das kann schon sein“, erklärte ihm seine Frau grimmig, „aber du warst einer der Männer, die Myra in Nancys Zimmer ertappt hat.“

„Sehen Sie“, sagte Jimmie mit einer hilflosen Geste, „wir müssen aufbleiben, bis jemand gesteht.“

„Was gesteht?“, rief Christopher und wurde wieder rot im Gesicht.

„Gesteht, dass er in Nancys Zimmer geschlichen ist und etwas getan hat, was sie zum Schreien brachte“, erklärte Jimmie.

„Ja“, sagte Mrs. Foster mit kurzem Auflachen, „ich wüsste auch zu gerne, welcher Mann das getan hat.“

„Was getan hat?“, fragte Christopher scheinbar ahnungslos.

„Etwas getan hat, das Nancy zum Schreien brachte“, sagte Mrs. Hanley ein wenig unwirsch.

Jimmie ging zu seinem Sessel hinter dem langen Konsolentisch zurück.

Er fragte: „Mrs. Hanley, um wie viel Uhr sind Sie ins Bett gegangen?“

„Ich bin nicht ins Bett gegangen“, erwiderte Mrs. Hanley kurz angebunden.

„Sie meinen, Sie hatten sich noch nicht ausgezogen?“

„Ganz sicher nicht. Ich hatte mich zum Abendessen umgezogen, und seitdem bin ich so gekleidet.“

„Warum sind Sie nicht ins Bett gegangen?“

„Ich wollte nicht schlafen gehen.“

„Gab es einen Grund für Ihr Wachbleiben?“

„Nein, überhaupt keinen Grund.“

„Wussten Sie, dass alle Ihre Gäste sich zurückgezogen hatten?“

„Davon ging ich aus.“

„Bleiben Sie für gewöhnlich die ganze Nacht vollständig bekleidet auf?“

„Nein, tue ich nicht.“

„Haben Sie denn nach etwas Ausschau gehalten?"

„Nein, habe ich nicht."

„Aber, Mrs. Hanley, keine intelligente Frau bleibt doch die ganze Nacht bis zum Morgengrauen vollständig bekleidet auf."

„Ich war unruhig. Ich konnte nicht schlafen."

„Hatten Sie eine Art Vorahnung?"

„So etwas hatte ich in meinem ganzen Leben noch nicht."

„Das stimmt nicht, meine Liebe", sagte Christopher. „Erst letzten Freitag hast du mir doch erzählt, du hättest so eine Vorahnung, dass in diesem Haus etwas passieren würde."

„Bitte sei still!", sagte Mrs. Hanley spitz.

„Dann haben Sie also Vorahnungen?", hakte Jimmie nach.

„Manchmal", gab die Hausherrin widerstrebend zu.

„Hatten Sie gestern Abend das Gefühl, dass sich in Ihrem Haus etwas ereignen würde?"

„Nein, hatte ich nicht."

„Sie sind einfach nur vollständig bekleidet wach geblieben, weil Sie unruhig waren?"

„Ja, so war's."

„Schlafen Sie nicht mit Ihrem Ehemann zusammen?"

„Ich habe nie mit meinem Ehemann zusammengeschlafen“, sagte Mrs. Hanley unterkühlt.

„Was ist denn los?“

„Mr. Landon, was meinen Sie denn mit: ‚Was ist denn los?‘“

„Ich meine, stimmt irgendetwas mit ihm nicht?“

„Nicht mit mir“, schnaubte Christopher. „Mit ihr.“

Mrs. Hanley ignorierte den Einwurf und sagte: „Ich habe einfach gern mein eigenes Zimmer.“

„Um wie viel Uhr sind Sie gestern auf Ihr Zimmer gegangen?“

„Ich weiß nicht, wie spät es war. Warum stellen Sie mir all diese dummen Fragen?“

Jimmie lächelte ein wenig und saß einfach da, wobei er Mrs. Hanley auf ruhige, nachdenkliche Weise betrachtete. Mrs. Hanley schaute trotzig zurück.

„Sind Sie nicht eine Zeugin, Mrs. Hanley?“, fragte Jimmie ernst.

„Eine Zeugin wofür?“, erkundigte sich Mrs. Hanley abwehrend.

„Eine Zeugin bei dieser gerichtlichen Untersuchung.“

„Ich denke, das bin ich“, gab Mrs. Hanley mit einem plötzlichen Lächeln zu.

„Es ist Ihnen sicher klar, dass Sie eine der wichtigsten Zeuginnen im ganzen Raum sind“, sagte Jimmie. „Sie waren diejenige, die Mrs. Randins Zimmer nach ihrem Schrei betreten und mit ihren eigenen Augen drei Männer in Pyjamas gesehen hat."

„Und Sie waren einer davon", sagte Mrs. Hanley trocken.

„Ja, ich war einer von ihnen", räumte Jimmie ein. „Ich werde mich später selbst verhören."

„Ja, das werden Sie!", rief Christopher mit einem Lachen, das die Stille des Raumes durchbrach und wie ein Echo von Wand zu Wand hallte. Alle schauten ihn an, er errötete und begann einen nervösen Rhythmus auf eins seiner Knie zu trommeln.

„Wie lange kennen Sie Mrs. Randin schon?", fragte Jimmie.

„Ich denke, ungefähr seit zwei Jahren", erwiderte Mrs. Hanley.

„Wo haben Sie sie kennengelernt?"

„In der Villa der Brownes, an der Riviera."

„Und schien Mrs. Randin schon an der Riviera ein Ruf von Unmoral vorauszueilen?"

„Davon weiß ich nichts. So etwas ist mir nicht zu Ohren gekommen. Alles, was ich weiß, ist, dass sie immer von vielen Männern umgeben war."

„Fanden Sie das nicht ganz natürlich, wenn man bedenkt, dass sie Witwe ist?"

„Warum sollte eine Witwe von Männern umringt sein?"

„Ist es nicht eine Tatsache, dass charmante Witwen fast immer von Männern umschwirrt werden?“, erkundigte sich Jimmie.

„Das weiß ich nicht“, sagte Mrs. Hanley in bissigem Ton, „ich bin nie Witwe gewesen.“

„Das ist meine Schuld“, rief Christopher ein wenig bitter dazwischen.

„Was hielten Sie von Mrs. Randin, als Sie sie in der Villa an der Riviera kennenlernten?“

„Ich fand, dass sie ein sehr charmantes und hübsches Mädchen war“, sagte Mrs. Hanley großmütig.

„Aber es war Ihnen nicht recht, dass sie die ganze Zeit von Männern umringt war?“

„Nun, letztlich ging mich das nichts an, Mr. Landon. Es war ja nicht meine Villa.“

„Sie denken also, dass die Moral der Hausgäste von den Gastgebern kontrolliert und in gewissem Maße auch kritisch überprüft werden sollte?“

„Das denke ich allerdings“, sagte Mrs. Hanley mit jenem merkwürdigen Glitzern in ihren Augen. „Es ist mir egal, was die Leute außerhalb meines Hauses tun, aber ich behalte mir das Recht vor, sie zu bitten, diskret zu sein, wenn sie in meinem Haus zu Gast sind.“

„Irgendwie“, sagte Jimmie, „sind Sie nicht sehr tolerant.“

„Nicht in dieser Hinsicht“, erwiderte Mrs. Hanley nachdrücklich.

„Mit anderen Worten, Sie halten Sex nicht für eine naheliegende, amüsante Freizeitbeschäftigung an Sommerwochenenden?“

„Nicht in meinem Haus. Mit Sicherheit nicht! Glauben Sie etwa, dass ich möchte, dass sich wohlerzogene Leute mit anderen Gästen mischen, die schockierende Dinge tun, die nicht mal zur Zeit der Römer …“

„Wann war das denn?“, fragte Jimmie, beugte sich vor und blätterte durch einen in Leder gebundenen Gedichtband, der auf dem Tisch lag.

„Wann war was?“, entfuhr es Mrs. Hanley scharf.

„Die Römer“, sagte Jimmie.

„Möchten Sie, dass ich jetzt anfange über Geschichte zu sprechen, Mr. Landon?“

„Um Himmels willen, nein!“, rief Christopher heiser von seinem Diwan.

Jimmie sagte: „Ich hatte nur gerade den Eindruck, Sie wollten irgendeinen Punkt machen.“

„Der einzige Punkt, den es zu machen gilt, ist folgender …“

„Herrgott noch mal!“, stöhnte Christopher und sank schwer auf dem Diwan zusammen. „Jetzt kommt sie erst richtig in Fahrt.“

„Ja, Mrs. Hanley – entschuldigen Sie Ihren Mann –, um welchen Punkt ging es doch gleich?“

„Ich habe außerhalb meines Hauses nie die Moral

einer Dame in Frage gestellt, wenn sie aber mein Gast ist ..."

„Dann finden Sie", sagte Jimmie, „dass sie ihre Schlafzimmertür abschließen sollte."

„Ja!"

„So, Mrs. Hanley, wenn Sie sich in diesem Zimmer umschauen, werden Sie sehen, dass all diese Leute im Bett waren."

„Ja, und was ist damit?", fragte Mrs. Hanley spitz.

„Und wir sehen", sagte Jimmie, „dass Sie offensichtlich nicht im Bett waren. Was zu der einfachen Schlussfolgerung führt, dass es jemanden im Haus gab, den Sie verdächtigt haben."

„Wessen verdächtigt habe?", erkundigte sich Mrs. Hanley und rutschte in ihrem Sessel herum.

„Verdächtigt haben, sich tadelnswert zu benehmen."

„Ich hatte keinen solchen Verdacht!", brauste die Gastgeberin auf.

„Warum haben Sie sich dann nicht ausgezogen und sind ins Bett gegangen?"

„Ich habe Ihnen doch gesagt, dass ich noch keine Lust hatte, ins Bett zu gehen."

„Aber wäre es nicht ohne Kleider bequemer gewesen?"

„Gut möglich."

Jimmie saß einige Zeit stumm da und spielte mit

den Seiten des in Leder gebundenen Gedichtbandes. Es schien ihm, als würde Mrs. Hanley absichtlich lügen. Sie hatte irgendeinen Verdacht gehabt und hatte extra ihre Sachen anbehalten, damit sie sofort aus ihrem Zimmer geschossen kommen konnte, sobald vielleicht irgendetwas passierte, von dem sie erwartet hatte, dass es *vielleicht* passieren könnte. Das war ganz offensichtlich. Jetzt, wo sie in die Ecke getrieben war, wand sie sich vor Unbehagen. Wie alle Frauen, redete sie immer um den heißen Brei herum.

Jimmie fragte: „Denken Sie, dass es in diesem Raum einen Mann gibt, der gerne eine Nacht mit Mrs. Randin verbringen würde?"

„Bitte seien Sie doch nicht absichtlich so obszön, Mr. Landon!", sagte Mrs. Hanley, errötete und spielte nervös an ihrer langen Perlenkette herum.

Ein Muskel in Jimmies Gesicht zuckte ganz leicht. Er schaute auf den Gedichtband. Dann hob er den Blick und schaute einen Augenblick lang ernst zu Nancy. Nancy lag da, den Kopf auf ein Kissen gebettet, und schaute zur Decke. Jimmie bemerkte, dass ihr Haar im Gegenlicht rötlich schimmerte. Plötzlich wandte sie ihren Blick von der Decke ab und ließ ihn auf Jimmie ruhen. Ihre großen, braunen Augen begannen zu glühen.

Jimmie schaute zu Mrs. Hanley. Sie spielte noch

immer auf diese nervöse Weise mit ihrer Perlenkette. Jimmie wusste, dass die Kette sehr viel Geld gekostet hatte. Christopher war ein sehr wohlhabender Mann.

Er schaute wieder zu Nancy, die ihm sanft zulächelte. Dann sah er zu Christopher herüber, der auf dem kleinen Diwan am anderen Ende des Zimmers saß, zu Bob Martin, zu Foster und zu den beiden Ehefrauen Vera und Helen, die wegen dieses merkwürdigen und ungeklärten Vorfalls in Nancys Schlafzimmer grundlegend besorgt waren.

Während der kleinen, schweigsamen Pause begann Jimmie über Schlafzimmer nachzudenken. Schlafzimmer hatten etwas an sich, das die Menschen faszinierte. Die meisten Menschen schienen nicht zu begreifen, dass sie einzig dazu dienten, darin zu schlafen, geboren zu werden und zu sterben. Schlafzimmer waren also eher ein notwendiges Übel.

Er beugte sich vor und schaute zu Mrs. Hanley. Er sah, dass Mrs. Hanley ein Doppelkinn bekam. Sie machte eine ruckartige, kleine Bewegung mit der rechten Hand und fasste sich an die Wange.

„Also, Mrs. Hanley“, begann Jimmie ruhig.

„Herrgott noch mal!“, rief Christopher vom Diwan. „Wissen Sie eigentlich, wie spät es ist?“

Jimmie schaute auf seine Armbanduhr. Er sah zu Christopher und sagte: „Zu Ihrer Befragung komme ich bald.“

Christopher murmelte etwas vor sich hin und wurde rot im Gesicht. Manchmal dachte Jimmie, Christopher habe Bluthochdruck.

Jimmies Augen wanderten unwillkürlich zu Nancy zurück. Sie wedelte gerade den Rauch ihrer Zigarette weg, einer Zigarette, die sie sich irgendwo ohne seine Hilfe besorgt hatte. Ihre Augen leuchteten lebendig durch den blassblau schwebenden Dunst, der sie umgab. Sie betrachtete ihn mit einem amüsierten Lächeln, bei dem sich ihre roten Lippen öffneten.

Jimmie warf Helen Foster einen prüfenden Blick zu. Er sah, dass sie ihr blassblondes Haar zurückgestrichen hatte und dass ihr jetzt durchaus bewusst war, dass sie in dieser frühmorgendlichen Stunde, mit hastig abgewischter Nachtcreme, nicht besonders vorteilhaft aussah. Jimmie hatte sich nie für Blondinen erwärmen können, egal ob hellblond oder etwas dunkler. Er fragte sich, warum Arthur Helen geheiratet hatte. Er konnte sich erinnern, dass Arthur vor zwei Jahren noch in eine Revuetänzerin verliebt gewesen war. Die Familie war aber dagegen gewesen und so hatte Arthur dem Mädchen widerstrebend den Laufpass gegeben.

Aber, dachte Jimmie, jetzt galt es erst mal, Mrs. Hanley komplett zufriedenzustellen, einen großartigen Höhepunkt zu erreichen, um zu beweisen, dass ein Anwalt einen solchen Kriminalfall viel professioneller lösen konnte als ein Detektiv.

Er schaute nachdenklich auf Mrs. Hanley, so als brüte er gerade über einer Vermutung, die es in sich hatte.

Er sagte: „Wie auch immer, Mrs. Hanley, Sie hatten jedenfalls das Gefühl, Mrs. Randin könnte der Typ Frau sein, der auch mal etwas riskieren würde ..."

„Ich glaube", erwiderte Mrs. Hanley, wobei ein Lächeln ihre Mundwinkel umspielte, „Sie meinten, eine Frau, die etwas Riskantes tun würde."

„Ja", sagte Jimmie, „vielleicht habe ich auch das gemeint. Aber was haben Sie denn gedacht?"

„Gedacht worüber, Mr. Landon?"

„Über Mrs. Randin, die etwas Riskantes tut."

„Ich wünschte, Sie würden mich Nancy nennen", sagte Nancy mit einem Seufzer. „Ich kann mich einfach nicht daran gewöhnen, Sie immer den Namen meines früheren Ehemannes sagen zu hören."

„Also, Nancy", sagte Jimmie, „ich hoffe nur, diese Leute werden das nicht missverstehen. Mrs. Hanley ..."

„Was ist denn?"

„Sie dachten, dass Nancy eine Wochenendaffäre sein könnte?"

„Ich glaube nicht, dass ich darauf antworten muss."

„Sie sollten darauf antworten. Wenn wir die Wahrheit herausfinden wollen, müssen wir auch bei der Wahrheit bleiben. Wissen Sie, meine liebe Mrs. Hanley, wenn alle auf dieser Welt die Wahrheit sagen würden, dann gäbe es auch keinen Ärger. Die Menschen drücken sich immer vor Problemen. Das Problem in unserem Fall ist die Frage, welcher Mann versucht hat, sich an Nancy heranzumachen."

„Oh, Jimmie", sagte Nancy klagend, „bitte seien Sie doch nicht so *spießig*."

„Sind wir das nicht alle?", fragte Jimmie nüchtern.

„Sind wir alle nicht was?", schnaubte Christopher quer durchs Zimmer.

„Wissen Sie", erwiderte Jimmie.

„Ach, halten Sie die Klappe!", rief Christopher. „Myra, würdest du bitte diesen Kerl zum Schweigen bringen und uns ins Bett gehen lassen?"

„Ich habe nicht die Absicht, ihn zum Schweigen zu bringen", sagte Mrs. Hanley förmlich. „Ich kann so lange aufbleiben wie er."

„Um wie viel Uhr sind Sie gestern Abend beziehungsweise heute Morgen in Ihr Zimmer gegangen?", fragte Jimmie plötzlich.

„Das war so gegen ein Uhr."

„Vorhin haben Sie mir gesagt, Sie wüssten nicht, wann Sie in Ihr Zimmer gegangen sind."

„Es ist mir gerade eingefallen."

„Haben Sie nach dem Abendessen Bridge gespielt?“

„Ja, habe ich.“

„Kontrakt oder Auktion?“

„Ich weiß nicht, was es war.“

„Wollen Sie mir weismachen, dass Sie Bridge gespielt haben, ohne genau zu wissen, ob es Kontraktbridge oder Auktion war, Mrs. Hanley?“

„Ich denke, es war Kontraktbridge“, sagte Mrs. Hanley kühl.

„Haben Sie jemals etwas von Culbertson oder Lenz gelesen?“

„Nein, habe ich nicht, ich lese keine Romane.“

Jimmie nahm eine unmerkliche Protesthaltung ein und wischte sich mit der Hand über die Augen.

Dann fragte er: „Wo war Nancy nach dem Abendessen?“

„Woher soll ich wissen, wo sie nach dem Abendessen war?“

„Wissen Sie denn nicht, was Ihre Gäste nach dem Abendessen tun?“

„Doch schon, aber ich weiß nicht, was sie nach dem Essen gemacht hat.“

„Nun, wo war Ihr Mann nach dem Abendessen?“

„Ziehen Sie mich da nicht mit rein!“, rief Christopher und sprang vom Diwan auf wie ein Springteufel. „Ich habe nach dem Abendessen auf der Terrasse gesessen und eine Zigarre geraucht."

„Bitte unterbrechen Sie mich nicht, Christopher", wies Jimmie ihn zurecht.

„Dann lassen Sie mich aus dem Spiel!", fauchte Christopher zurück.

„Ich hoffe, dass ich Sie aus dem Spiel lassen kann", sagte Jimmie mit einem Lächeln. Er schaute Mrs. Hanley an. „Ihr Mann sagt, dass er nach dem Abendessen auf der Terrasse war und eine Zigarre geraucht hat."

„Ich habe keine Ahnung, wo er nach dem Essen war", sagte Mrs. Hanley, drehte sich in ihrem Sessel um und fixierte ihren Mann mit einem festen Blick, was ihn erröten ließ.

„Und Sie wissen nicht, wo Nancy nach dem Abendessen war?", fragte Jimmie.

„Das tue ich nicht."

„Wer hat mit Ihnen Bridge gespielt?"

„Bob Martin war mein Spielpartner. Wir haben gegen Arthur Foster und Mrs. Martin gespielt."

„Verstehe", sagte Jimmie nachdenklich. „Wussten Sie, wo ich nach dem Abendessen war?"

„Nein, wusste ich nicht."

„Dann wussten Sie also bei den sechs Gästen im Haus nur von dreien und sich selbst, wo sie waren?"

„Ich konnte doch nicht Bridge spielen und gleichzeitig wissen, wo alle anderen waren, oder?"

„Wahrscheinlich nicht", erwiderte Jimmie. „Das bedeutet aber, dass Nancy, Christopher und ich verschwunden waren."

„Ich habe Ihnen doch schon gesagt, wo ich war", rief Christopher durch den Raum. „Ich habe auf der Terrasse gesessen und eine Zigarre geraucht."

„Alibi", sagte Jimmie.

„Was?", verlangte Christopher.

„Um wie viel Uhr haben Sie aufgehört, Bridge zu spielen, Mrs. Hanley?"

„Das muss so gegen elf Uhr gewesen sein."

„Was haben Sie gemacht, nachdem Sie mit dem Bridgespielen aufgehört hatten?"

„Ich habe mir ein Glas Wasser geholt."

„Ich meine, wo sind Sie hingegangen, als Sie vom Bridgetisch aufstanden?"

„Ich bin ins Esszimmer gegangen und habe nach Phipps geläutet."

„Ist er auf Ihr Läuten erschienen?"

„Nein, ist er nicht", sagte Mrs. Hanley ein wenig ärgerlich und zog an ihrer Perlenkette.

„Fanden Sie das merkwürdig?", erkundigte sich Jimmie, lehnte sich über den Tisch und schaute Mrs. Hanley fest an.

„Natürlich fand ich das merkwürdig."

„Was haben Sie gemacht, als der Butler nicht kam?"

„Ich bin in die Küche gegangen und habe mir ein Glas Wasser geholt."

„Wie lange arbeitet Ihr Butler schon bei Ihnen, Mrs. Hanley?"

„Zwei Jahre."

„Hatten Sie ihm erlaubt, ins Bett zu gehen?"

„Natürlich nicht."

Jimmie nahm sich eine Zigarette aus der Tasche seines Morgenrocks und zündete sie schweigend an. Das Verhalten des Butlers gestern Abend um elf Uhr kam ihm merkwürdig vor.

„Nachdem Sie sich das Glas Wasser in der Küche geholt hatten, was haben Sie dann gemacht?"

„Ich bin durch den Flur zum Dienstbotentrakt gegangen und habe an Phipps' Tür geklopft."

„Und kam der Butler zur Tür?"

„Nein, kam er nicht."

„Da muss Ihnen klar geworden sein, dass der Butler nicht in seinem Zimmer war."

„Zumindest zu dem Zeitpunkt war er es nicht", sagte Mrs. Hanley. „Ich werde ihn Montag entlassen."

„Der hätte schon vor einem Monat gefeuert werden sollen", schnaubte Christopher. „Ich hab dir doch gesagt, dass er mit dem zweiten Hausmädchen schläft."

„Christopher!“, sagte Mrs. Hanley und erblasste. „Würdest du bitte unsere Privatangelegenheiten für dich behalten?“

„Nun ja, Mrs. Hanley“, sagte Jimmie, „das Verhalten Ihres Butlers gestern Nacht wird Ihnen schon auch ungewöhnlich vorgekommen sein.“

„Irgendwie schon“, gab Mrs. Hanley etwas widerstrebend zu.

„Sind Sie der Sache weiter nachgegangen?“

„Was meinen Sie mit ‚weiter nachgegangen‘?“

„Na ja, haben Sie weiter nach Ihrem Butler gesucht?“

„Nein, ich war etwas ärgerlich. Ich hatte keine Ahnung, wo er hingegangen sein konnte. Ich hatte ihn gebeten, aufzubleiben und Cocktails zu servieren.“

„Und wer hat sie serviert?“

„Ich habe sie serviert“, grummelte Christopher. „Ich bediene mich die halbe Zeit in diesem Haus selbst. Wir haben einen Butler, zwei Hausmädchen, einen Koch, einen Gärtner und einen Chauffeur und dennoch muss ich alles selbst erledigen.“

„Christopher“, sagte Mrs. Hanley mit bekümmertem Blick, „ich bin sicher, dass sich unsere Gäste nicht für die Probleme mit dem Personal interessieren.“

„Oh, das interessiert mich brennend“, sagte

Nancy eifrig. „Ich höre es überall, wo ich auch hinkomme."

Jimmie fragte: „Sie hatten vorher nie Probleme mit Ihrem Butler, oder, Mrs. Hanley?"

„Was denn für Probleme, Mr. Landon?"

„Ich meine, an anderen Wochenenden. Ist Phipps da schon mal mysteriös verschwunden und hat nicht auf Ihr Läuten reagiert?"

„Das hat er noch nie gemacht."

„Wohin sind Sie gegangen, nachdem Sie aufgehört haben, an die Tür des Butlers zu klopfen?"

„Ich war etwas nervös und ziemlich aufgebracht. Ich habe Ihnen schon gesagt, dass ich mir ein Glas Wasser geholt habe. Dann bin ich in den Wintergarten gegangen, wo wir Bridge gespielt hatten."

„Wer befand sich denn im Wintergarten?"

„Vera Martin und Mrs. Foster."

„Mr. Martin und Mr. Foster waren nicht da?"

„Helen sagte, sie wären nach draußen gegangen, um Zigaretten zu rauchen und Cocktails zu trinken."

„Aber wo kamen denn die Cocktails her, Mrs. Hanley?"

„Das weiß ich nicht."

„Habe ich Ihnen nicht gesagt, dass ich sie serviert habe?", rief Christopher gereizt.

„Wie konnten Sie denn Cocktails servieren, wenn

Sie Zigarre rauchend auf der Terrasse gesessen haben?“, fragte Jimmie, zeigte mit dem Finger auf Christopher, wobei er sich vorbeugte und den bekannten Großunternehmer mit seinen ruhigen, braunen Augen fixierte.

„Sie gehen mir total auf die Nerven“, erwiderte Christopher und starrte zurück zu Jimmie. „Ich habe ein paar Cocktails in einem Eimer gemischt, den ich in der Küche gefunden hatte. Den habe ich dann auf den Terrassentisch vor die Fenster des Wintergartens gestellt.“

Mrs. Hanley sprang auf und stand mit entsetztem Blick vor Christopher, kreidebleich im Gesicht. Sie zitterte und Jimmie meinte, die Perlen um ihren Hals klimpern zu hören. Er saß still da, während Mrs. Hanley ihren Mann anstarrte, mit einem Blick, in dem das blanke Entsetzen flackerte.

„Christopher, welchen Eimer hast du genommen?“, fragte Mrs. Hanley mit heiserer Stimme.

„Reg dich bloß nicht auf“, sagte Christopher. „Es war ein hübscher, neuer, weißer Eimer, den ich in einem Schrank auf der hinteren Veranda gefunden hatte.“

„Oh Gott!“, stieß Mrs. Hanley hervor und ließ sich tief bestürzt in ihren Sessel fallen. „Das ist doch der Eimer, mit dem Julia immer die Toiletten sauber macht. Da waren Lysol und Salzsäure drin.“

„Ich fand nicht, dass er nach Lysol roch“, sagte Christopher stur.

Mrs. Hanley griff sich an den Kopf.

Jimmie schaute zu Bob Martin und Arthur Foster. Die waren beide leichenblass. Bob hielt sich eine Hand auf den Magen und Foster griff sich an die Kehle.

Vera schrie in die plötzliche Stille des Raumes. Sie jammerte: „Bob, hast du aus diesem Eimer getrunken?“

Martin antwortete mit angsterfüllter Stimme: „Ja, und Arthur auch.“

„Der Eimer stand auf dem Tisch, als wir nach draußen gingen“, sagte Arthur mit einem kleinen gurgelnden Geräusch in der Kehle. „Er stand auf einem Tablett mit lauter Gläsern und einer Schüssel mit schmelzenden Eiswürfeln.“

„Mein Gott!“, stöhnte Martin. „Denken Sie, wir werden es überstehen?“

„Natürlich werden Sie es überstehen“, versicherte ihm Jimmie. „Der Gin würde die Toilettenputzmittel sowieso neutralisieren.“

„Es war nichts in dem Eimer“, sagte Christopher. „Außerdem ist das Zeug doch zum Desinfizieren und ich habe den Eimer sowieso mit einem Tuch ausgewischt, das in dem Schrank hing.“

Mrs. Hanley saß da und schlug die Hände vor

ihrem Gesicht zusammen. Sie stöhnte: „Christopher, vielleicht hast du jemanden umgebracht."

„Na ja", sagte Christopher schroff, „warum feuerst du denn dann nicht den verdammten Butler? Ich muss hier alles machen."

„Sie waschen aber kein Geschirr ab", sagte Jimmie tröstend.

„Doch, tue ich!", schrie Christopher. „Donnerstagabend, wenn Myra nicht zum Essen ausgehen will, spüle ich das Geschirr und sie trocknet ab."

„Christopher!", kreischte Mrs. Hanley hysterisch.

„Sehen Sie", sagte Jimmie, „man braucht einen Anwalt, um die Sachen ans Licht zu bringen. Ich weiß, dass ich herausfinden werde, wer der Mann war, der versucht hat, in Nancys Bett zu gelangen."

„Wer sagt denn, dass es ein Mann war, der versucht hat, in Nancys Bett zu kommen?", wollte Christopher wissen.

„Das hat Ihre Frau gesagt", erklärte ihm Jimmie.

„Das habe ich nicht gesagt", rief Mrs. Hanley und brach in Tränen aus.

„Das haben Sie aber allen zu verstehen gegeben, meine liebe Myra", sagte Nancy mitleidslos. „Schließlich ist irgendetwas in meinem Zimmer gewesen. Es hat mich erschreckt, ich habe geschrien und es ist weggelaufen."

„Was ist weggelaufen?“, fragte Christopher ausdruckslos.

„Na das, was sich in Nancys Zimmer befand, was immer es war“, erklärte Jimmie.

„Oh, dann geben Sie also zu, dass ein Mann in Ihrem Zimmer war!“, sagte Mrs. Hanley zornig. „Sie geben zu, dass ein Mann in Ihr Zimmer kam, dass Sie geschrien haben und er weggerannt ist.“

„Ich habe nicht gesagt, dass *er* weggelaufen ist“, sagte Nancy kühl, „ich sagte, *es* ist weggelaufen.“

„Dann fahren Sie fort, Mr. Landon“, sagte Mrs. Hanley mit einem kleinen Lachen. „Ich werde schon herausfinden, wer der Mann war.“

„Wir machen eine kleine Pause“, sagte Jimmie und nahm sich die Whiskykaraffe. „Wir rauchen eine Zigarette und kommen fünf Minuten lang wieder zu uns.“

„Warum, verdammt noch mal“, knurrte Christopher, erhob sich von dem Diwan und marschierte quer durch den Raum. „Es ist bald drei Uhr.“

„Christopher“, sagte Mrs. Hanley streng, „bitte mach deinen Morgenrock richtig zu. Er steht vorne offen.“

„Geben Sie mir bitte eine Zigarette, Jimmie“, sagte Nancy, erhob sich und spazierte hinüber zum langen Konsolentisch.

Jimmie angelte nach einer Zigarette. Zu Bob gewandt sagte er: „Bitte machen Sie die Lampe dort drüben hinter Nancy aus. Ich kann direkt durch sie hindurchsehen."

„Wirklich?", fragte Nancy.

Christopher hatte Nancy hinterhergeschaut, als sie zum Tisch hinüberging. Er starrte sie immer noch an und sagte streitlustig: „Lassen Sie die Lampe an! Ich bin nicht gewillt, in einem dunklen Zimmer zu sitzen."

Viertes Kapitel

Christopher kehrte zu dem kleinen Diwan am anderen Ende des Raumes zurück.

Bob Martin schaltete die Lampe auf dem kleinen Tischchen neben Nancys Sofa aus, auf dem sie die ganze Zeit bequem und ungezwungen gelegen hatte. Christopher, dessen Kopf ein Kranz widerspenstiger Haarsträhnen zierte, verkroch sich in seinem Morgenrock. Sein Kinn sank ihm auf die Brust und er begann leise zu schnarchen. Es war das einzige Geräusch, das die Stille des Raumes durchbrach.

Dann schlug die Uhr auf dem Kaminsims drei Mal. Alle drehten sich still um und starrten entgeistert auf die Uhr, als wäre es absolut unglaublich, dass es bereits drei Uhr morgens war.

Mrs. Hanley war schnell aus ihrem Sessel am Kamin aufgestanden und hatte sich auf das Sofa gesetzt, von dem Nancy sich erhoben hatte, um sich eine Zigarette zu holen. Mrs. Hanley wollte so ganz offensichtlich Nancys Wunsch vereiteln, sich wieder entspannt auf dem Sofa niederzulassen und ihren wunderbar geformten Körper so darauf auszustrecken, dass alle anwesenden Männer fasziniert und verstohlen ihre Kurven betrachteten.

Nancy lehnte am Konsolentisch und zog anmutig an ihrer Zigarette. Sie hatte den in Leder gebundenen

Gedichtband zur Hand genommen und blätterte ein wenig darin herum. Die ganze Zeit dachte sie nach. Sie fragte sich, ob es klüger war zu lügen oder die Wahrheit zu sagen.

Mrs. Hanley saß steif auf dem Sofa und betrachtete mit gequältem Blick und leicht verbittert ihren Mann. Christopher hatte immer geschnarcht. Wenn sie es recht betrachtete, hatte Christopher sogar etwas leicht Spießiges an sich. Jetzt, wo sie in der Stille des frühen Morgens über ihn nachdachte, schien er ihr nicht sehr kultiviert. Sie war sogar erstaunt darüber, dass sie ihn tatsächlich geheiratet hatte. Sie hatte zwar den gesellschaftlichen Aufstieg geschafft, aber Christopher war ihr dabei immer ein Hemmschuh gewesen. Dennoch hatte sie es geschafft, ihm zum Trotz. Doch in diesen kritischen Augenblicken der Selbstprüfung sah sie Christophers wahres Gesicht. Er war fett geworden. Sein Haar war dünn und ergraute. Mit einem leisen Gefühl von Verachtung sah sie, dass er viel zu schnell alt wurde. Ein verworrenes Gedankengemisch wirbelte durch ihren Kopf. Nur sein Geld hatte es Christopher ermöglicht, mit kultivierten Menschen zu verkehren. Sie hatte alles versucht, aber er war doch ein Rohdiamant geblieben. Sie hätte es besser gefunden, wenn Christopher vor zwei Jahren gestorben wäre, als er einen Herzinfarkt hatte. Sein Arzt hatte sie damals gewarnt, dass Christopher ein Frühstadium von Arterienverkalkung hatte. Dem Arzt zufolge lag es nicht daran, dass er zu viel trank, sondern dass er zu viel aß. Sie wusste, dass romantische Liebe, zumindest in Bezug auf Christopher, schon lange aus ihrem Leben verschwunden war.

Sie schaute zu Nancy. Diese stand noch immer vor dem Konsolentisch, hatte den Kopf nach vorn geneigt und blätterte verträumt in dem Gedichtband. Mrs. Hanley dachte, dass sie Nancy nicht noch einmal zu einer Wochenendparty einladen würde. Sie hatte keinerlei Zweifel, dass Nancy eine der Frauen war, die sich an Wochenenden mit Männern Freiheiten herausnahmen. Sie war sich sicher, dass Nancy genau wusste, wer der Mann war – jener geheimnisvolle Mann, der in ihr Zimmer gekommen war, nachdem er (und sie) dachte, alle anderen im Haus wären bereits ins Bett gegangen. Es ging ihr gar nicht darum, aus diesem merkwürdigen Vorfall eine moralische Angelegenheit zu machen. Sie hatte einfach den hartnäckigen Wunsch, Nancy eine Lektion zu erteilen und den Mann bloßzustellen, der ihre Gastfreundschaft ausgenutzt und versucht hatte, eine Liaison in einem ihrer Schlafzimmer anzufangen. Mrs. Hanley fand sich nicht prüde. Sie fand vielmehr, dass all die Leute, die sie für prüde hielten, sie nie verstehen würden.

Sie schaute zu Jimmie Landon. Er saß da, das Gesicht zwischen den Händen, und starrte ein Blatt

Papier an, das auf dem Tisch lag. Sie mochte Jimmie Landon. Sie hatte ihn nie wirklich näher kennengelernt, denn er war zurückhaltend und ruhig und hatte etwas seltsam Rätselhaftes an sich, das sie faszinierte. Sie hatte Christopher oft gebeten, ihn übers Wochenende einzuladen, aber er war nur drei Mal in zwei Jahren wirklich gekommen. Es hieß, er sei ein sehr beschäftigter junger Mann. Sie wusste, dass Christopher ihn sehr gern mochte und dass er seit einigen Jahren Christophers Anwalt war. Sie erinnerte sich auch, dass er Anfang Juni zu seinem zweiten Wochenendbesuch gekommen war und dass er damals Nancy Randin kennengelernt hatte. Es schien ihr damals, als hätte Jimmie Nancy absichtlich gemieden und als könne er sie aus irgendeinem Grund nicht leiden. Mrs. Hanley gab zu, dass Nancy ein hübsches Mädchen war, aber sie hatte auch etwas Unbeständiges an sich.

Christopher schnarchte immer noch. Mrs. Hanley beobachtete ihn mit düsterem Blick. Sie erinnerte sich an jenen Abend, als sie Christopher zu den Fairlees zum Dinner mitgenommen hatte. Christopher war eingeschlafen und hatte im Musikzimmer angefangen zu schnarchen, während Mrs. Fairlee Klavier spielte und sang. Das war schockierend gewesen. Die Fairlees hatten sie nie wieder zu einer Abendgesellschaft eingeladen.

Mrs. Hanley seufzte.

Jimmie schaute auf und warf ihr einen Blick zu. Er lächelte ein wenig und Mrs. Hanley fand, dass er sehr attraktiv und jungenhaft aussah, mit seinem zerzausten Haar und seinen hellbraunen Augen.

Als er zu Mrs. Hanley sah, dachte Jimmie, dass sie das Leben zu ernst nahm. Er war ganz unvoreingenommen in seiner Einschätzung von Christophers Frau. Es konnte ihm ohnehin egal sein. Schließlich war sie verheiratet und ihre Ansichten gingen ihn nichts an. In ein paar Jahren, dachte er, würde Mrs. Hanley nicht mehr alles so an sich heranlassen. Sie befand sich in diesem gereizten Zwischenstadium, in dem Frauen noch nicht gelernt hatten, diskret zu schweigen. Nehmen wir zum Beispiel die ganze Aufregung, die es darum gab, wer in Nancys Schlafzimmer gewesen war: Was spielte das schon für eine Rolle?

Jimmie hatte das Gefühl, als könne er nicht einfach unverblümt vor seine Gastgeberin treten und zu ihr sagen: „Ich glaube, ich weiß, wer der Mann in Nancys Schlafzimmer war." Nein, das konnte er nicht sagen. Er würde es ihr durch einen Denkprozess, eine absurde Abfolge von Schlussfolgerungen zeigen müssen. Er würde wie ein Detektiv vorgehen und vor den Augen Mrs. Hanleys einzelne Hinweise auseinandernehmen müssen. Er vermutete, dass

Mrs. Hanley eine Frau war, die Höhepunkte liebte. Sie hatte sich dazu entschlossen, den Gast, der ins Schlafzimmer einer Frau geschlichen war, als Übeltäter bloßzustellen – aus welchem Grund auch immer er dieses getan hatte. Jimmie vermutete, dass Nancy durchaus wusste, wer dieser Mann war. Und er nahm an, dass mindestens eine weitere Person im Haus ebenfalls wusste, wer dieser Mann war.

Da war zum Beispiel dieser Butler Phipps. Wo war er gewesen, als Mrs. Hanley die Glocke geläutet hatte? War er vielleicht der Mann, der heimlich in Nancys Schlafzimmer geschlichen war und sie mitten in einer Juninacht zum Schreien gebracht hatte?

Ganz offenkundig verfügte der Butler über einige wertvolle Informationen und Jimmie hatte das Gefühl, es könnte notwendig sein, ihn zu befragen, um herauszufinden, wo er gewesen war, als Mrs. Hanley die Glocke geläutet hatte. War der Butler einer dieser gerissenen Don Juans, die in der Stille der Nacht umherschlichen? Christopher hatte ja in klaren Worten verkündet, dass sein Butler mit dem zweiten Hausmädchen schlief.

Jimmie ließ vor seinem inneren Auge ein Bild des Butlers entstehen, so wie er den Mann in Erinnerung hatte. Phipps war sehr groß und sehr gutaussehend, nicht älter als fünfunddreißig mit kurz geschnittenem, blondem Haar und einem Paar blauer Augen, die Frauen höflich und zugleich prüfend anschauten.

Und dann gab es da noch Christopher, den man ernsthaft in Betracht ziehen musste. Christopher hatte zugegeben, dass er einen Eimer voll Cocktails angerührt und diesen auf einen Tisch der Terrasse vor den Fenstern des Wintergartens gestellt hatte. Wohin war Christopher gegangen, nachdem er den Eimer auf dem Terrassentisch abgestellt hatte? Hatte er Martin und Foster betrunken machen und ihnen mit Lysol und Salzsäure den Magen verderben wollen? Oder war er stattdessen selbst ziemlich betrunken gewesen und hatte überhaupt nicht bemerkt, dass er einen Putzeimer benutzt hatte, um darin Drinks zu mixen?

Es gab zwei klare Probleme, die es zu lösen galt. Bei mindestens zwei Männern war nicht geklärt, wo sie gewesen waren. Obwohl er Foster und Martin bisher noch keine Fragen gestellt hatte, so schien ihm doch, dass sie beide mit Frauen verheiratet waren, die wussten, was ihre Männer zur Schlafenszeit machten.

Dies war ein wichtiger und dringender Gedanke. Und so schaute Jimmie plötzlich zu Bob Martin und fragte ihn: „Schlafen Sie mit Ihrer Frau?“

Martin schaute ihn überrascht an. Eine matte

Röte stieg in seine Wangen und er schien für einen Augenblick peinlich berührt. Dann erwiderte er schroff: „Nein."

„Sie schlafen nicht mit Ihrer Frau?", fragte Jimmie mit hochgezogener Augenbraue.

„Nein, tut er nicht", sagte Vera Martin eisig. „Wir benutzen zwei Einzelbetten."

„Wofür benutzen Sie sie?", fragte Jimmie ernst.

„Ich meine", sagte Vera mit einem frostigen Lächeln, „wir schlafen immer in getrennten Betten."

„Das", sagte Jimmie und schrieb etwas auf das Blatt Papier, das vor ihm lag, „ist einer der größten Fehler moderner Ehen. Wie ist es denn mit Ihnen, Arthur, schlafen Sie mit Ihrer Frau?"

„Nein, tue ich nicht", antwortete Foster ziemlich grimmig.

„Es ist nicht gesund", sagte Mrs. Foster mit einem Lächeln, bei dem ihre Oberlippe ein wenig spitz wurde.

„Heilsam", erwiderte Jimmie mit einem Schmunzeln.

„Wie jetzt, heilsam?", fragte Mrs. Foster.

„Wir müssen jetzt mit der Befragung fortfahren", sagte Jimmie. „Würden Sie bitte Ihren Mann wecken, Mrs. Hanley?"

Mrs. Hanley erhob sich mit verlegenem Gesichtsausdruck vom Sofa. Sie stand da und schaute Christopher unschlüssig an. Er hatte noch immer das Kinn auf der Brust und schnarchte leicht.

„Christopher!“, rief Mrs. Hanley scharf.

Christopher schnarchte weiter.

„Egal“, sagte Jimmie, „ich werde ihn wecken, wenn ich ihn wieder befragen will.“

„Er schläft oft nach dem Abendessen ein“, sagte Mrs. Hanley entschuldigend.

Jimmie schaute zu Nancy, die eine Zigarette rauchte. Er sagte: „Würden Sie bitte zu Ihrem Sofa zurückgehen, Nancy?“

Mrs. Hanley ließ sich sofort wieder auf das Sofa fallen. Jimmie hatte den Eindruck, dass er sogar die Sprungfedern quietschen hörte.

Nancy sagte mit einer kleinen Geste: „Mrs. Hanley hat das Sofa besetzt.“

„Gut“, sagte Jimmie, „dann gehen Sie bitte hinüber und nehmen Sie den Sessel, den sie hatte. Ich möchte fortfahren, und wie es aussieht, werden wir sicher fast bis zum Frühstück brauchen.“

„Ich nehme immer nur Orangensaft“, sagte Nancy, drehte sich um und spazierte vom Konsolentisch weg. Sie setzte sich anmutig in den Sessel, den ihre Gastgeberin verlassen hatte.

Sie schlug die Beine übereinander. Jimmie sah eins davon bis zu einem wohlgeformten Knie.

Ihre Beine waren einfach umwerfend.

Fünftes Kapitel

Jimmie sah sich mit der unvermeidlichen und unausweichlichen Aufgabe konfrontiert fortzufahren.

Er sagte zu Mrs. Hanley: „Ich denke, wir werden Ihren Butler aus dem Bett holen müssen, um ihm ein paar Fragen zu stellen."

„Sie denken doch nicht ...", begann Mrs. Hanley, wobei ihr Gesicht dunkelrot anlief.

„Ich bin nicht bereit, jetzt schon eine definitive Theorie vorzubringen", erwiderte Jimmie. „Aber bevor ich weitermache, halte ich es für notwendig, Phipps einige Fragen zu stellen. Sie verstehen, der Bursche hat gestern Abend etwas ziemlich Unnormales gemacht. Und wenn Menschen ihre normale Alltagsroutine durchbrechen und unnormale Dinge tun, dann machen sie sich natürlich bis zu einem gewissen Grade verdächtig."

Nancy beugte sich in ihrem Sessel vor und schaute Jimmie empört an. „Sie wollen doch nicht behaupten, dass es der Butler war, der in mein Zimmer gekommen ist und mich erschreckt hat?"

„Das könnte schon sein", sagte Jimmie mit leichtem Stirnrunzeln.

„Wie schrecklich!", entfuhr es Mrs. Martin, die nach Luft rang.

„Das glaube ich nicht!", rief Mrs. Hanley mit erschütterter Stimme. „So etwas würde Phipps nicht tun."

„Nun ja", sagte Jimmie mit traurigem Lächeln, „die Diener wurden zu sehr verwöhnt."

„Ja schon, aber Phipps würde es nicht wagen", sagte Mrs. Hanley.

„Dazu kann ich nichts sagen", bemerkte Jimmie und fuhr sich mit den Fingern durchs Haar. „Ich weiß nur, dass wir in einer Zeit leben, in der alles geschehen kann."

Plötzlich erhob sich Bob Martin aus seinem Sessel, ging in die Mitte des Raumes und starrte Jimmie hohläugig und müde an. Er sagte grimmig: „Ich habe bisher nichts gesagt, weil ich keine Unruhe stiften wollte, aber als ich auf den Rasen gegangen bin, um eine Zigarette zu rauchen, habe ich einen Mann gesehen, der durchs Gebüsch schlich."

Mrs. Hanley fragte fassungslos: „War es mein Butler?"

„Ganz egal", sagte Jimmie scharf. „Gehen Sie einfach zurück und setzen Sie sich, Bob. Eins nach dem anderen. Zu Ihnen komme ich später. Wenn wir jetzt das Problem lösen wollen, ohne die Polizei zu rufen …"

„Die Polizei!", schrie Mrs. Hanley und griff krampfhaft an ihre Perlenkette. „Warum sollten wir die Polizei rufen? Es ist doch nichts passiert."

„Das wissen wir eigentlich gar nicht", sagte Jimmie sehr ernst. „Nancy hat ja geschlafen, als der Mann ihr Zimmer betrat."

„Aber sie ist aufgewacht und hat geschrien", erklärte Mrs. Foster.

„Ja, aber es könnte etwas geschehen sein, bevor sie erwachte", erwiderte Jimmie. „Vielleicht hat der Mann sie chloroformiert."

„In meinem Zimmer hat es irgendwie nach Gas gerochen", sagte Nancy mit einem leichten Schaudern. „Ich habe keine Ahnung, was mit mir passiert ist, bevor ich erwachte. Ich habe nur gespürt, wie etwas meine Wange berührte. Dann habe ich mich in meinem Bett aufgerichtet und geschrien – dann glaubte ich zu hören, wie jemand durchs Zimmer rannte, dann ein dumpfes Geräusch, als sei jemand hingefallen und bewege sich nun auf allen vieren fort."

„Sehen Sie", sagte Jimmie mit einer hilflosen Geste, „wir reden die ganze Zeit um den heißen Brei herum, weil jeder antwortet, bevor er gefragt wird. Dürfte ich Sie jetzt alle bitten, mir nichts mehr zu erzählen, bevor ich Sie nicht dazu auffordere? Ich muss mich der ganzen Sache auf ordentliche und logische Weise nähern. Ich muss bestimmte Hinweise ausschließen und andere zusammenfügen, damit ich am Ende jemanden festnageln kann. Also, Mrs. Hanley …"

Mrs. Hanley sagte mit erstickter Stimme: „Wenn sich herausstellt, dass es mein Butler war, werde ich ihn entlassen.“

„Also ich sage Ihnen, Sie werden ihn entlassen!“, rief Nancy. „Und ich werde ihn umbringen. Allein die Vorstellung, dass man einen Butler im Haus hat, der mitten in der Nacht im Haus herumschleicht und Frauen anfasst, die gerade versuchen zu schlafen.“

„Nun, Mrs. Hanley“, begann Jimmie erneut.

„Glauben Sie keine Sekunde, dass ich denke, dass es Phipps war, der Ihr Zimmer betreten hat, meine Liebe“, entfuhr es Mrs. Hanley mit einem hysterischen Lachen und einem Schulterzucken. „Das war jemand, der Sie viel besser kannte als mein Butler.“

„Also, Mrs. Hanley“, sagte Jimmie mit einem leicht verärgerten Unterton in der Stimme, „Sie sagten, dass Mr. Martin und Mr. Foster nicht mehr da waren, als Sie in den Wintergarten zurückkamen.“

„Ich kann mich nicht erinnern, das gesagt zu haben“, antwortete Mrs. Hanley und versuchte, ihre verwirrten Sinne wieder zu ordnen.

„Ja, das haben Sie gesagt, Myra“, kam es prompt von Mrs. Martin. „Als Sie in den Wintergarten kamen, habe ich gerade mit Helen über Sie gesprochen.“

„Ach so, Sie haben also hinter meinem Rücken über mich geredet", sagte Mrs. Hanley verbittert, drehte sich auf dem Sofa um und schaute mit einem Funkeln in den Augen zu Vera.

„Oh nein, meine Liebe", sagte Mrs. Foster. „Vera hatte gerade gesagt, was für eine charmante Gastgeberin Sie seien und wie unglaublich schön und gemütlich Ihr Haus sei. Erinnern Sie sich nicht, meine Liebe, ich sagte zu Ihnen: ‚Myra, wie machen Sie das bloß?'"

„Ja, jetzt erinnere ich mich", sagte Mrs. Hanley mit einem plötzlichen Lächeln. „Mr. Landon, genau so war's, als ich zum Wintergarten zurückkam."

„Und", fragte Jimmie, „wie lange sind Sie mit diesen beiden Frauen im Wintergarten geblieben?"

„Wir haben uns hingesetzt und Zigaretten geraucht", sagte Mrs. Hanley. „Vera glaubte, ihr Mann würde jeden Augenblick zurückkommen, und ich erinnere mich, dass Helen sagte, sie sei müde und wolle zu Bett gehen."

„Was haben Sie erwidert, als Mrs. Foster sagte, sie wolle schlafen gehen?"

„Ich sagte: ‚Ja, meine Liebe, ich denke, wir sollten besser alle ins Bett gehen. Sollen die Jungs doch reinkommen, wenn ihnen danach ist.'"

„Wer sagte dann etwas?", fragte Jimmie mit großem Interesse und beugte sich über den Tisch.

Mrs. Hanley erwiderte: „Vera sagte: ‚Wenn ich ohne Bob in mein Zimmer gehe, bleibt der die ganze Nacht auf.'"

„Was haben Sie dann gemacht?", fragte Jimmie.

„Nun ja, ich fragte die Mädchen ..."

„Die Mädchen, die dort sitzen?"

„Ja, Mrs. Martin und Mrs. Foster."

„Beide verheiratete Frauen?"

„Wieso? Ja natürlich."

„Fahren Sie fort, Mrs. Hanley."

„Wo war ich, Mr. Landon? Ich bin ganz durcheinander."

„Sie waren im Wintergarten", erwiderte Jimmie mit einem kaum merklichen Lächeln.

„Oh, ja", sagte Mrs. Hanley. „Ich fragte die Mädchen, ob sie einen Cocktail wollten, und sie sagten nein. Ich war sehr müde, ich hatte den ganzen Abend Bridge gespielt und war am Nachmittag mit Vera in den Pool gegangen."

„In den Swimmingpool?"

„Warum? Ja, in den Swimmingpool."

„Was haben Sie dann gesagt, gedacht oder getan?", fragte Jimmie.

„Ich habe den Mädchen gesagt, dass ich ins Bett gehen würde, dass sie aber, wenn sie wollten, noch auf den Rasen oder die Terrasse gehen könnten, um ihre Ehemänner zu suchen. Es war immer einer meiner bewährten Grundsätze, sowohl in meinem Stadt- als auch in meinem Landhaus, meine Gäste tun zu lassen, was sie wollen."

„Verstehe", sagte Jimmie. „Das ist sehr umsichtig von Ihnen. Sind Sie dann in Ihr Zimmer gegangen und haben diese beiden Frauen im Wintergarten zurückgelassen?"

„Ja, ich bin in mein Zimmer hinaufgegangen."

„Ihr Mann, der dort drüben auf dem Diwan schläft, hat uns erzählt, er sei auf die Terrasse gegangen, um eine Zigarre zu rauchen."

„Ja, das hat Christopher gesagt."

„Und von dem Augenblick an, als Sie den Wintergarten betraten, bis zu dem Moment, als Sie Ihr Zimmer erreichten, haben Sie Ihren Mann nirgendwo gesehen?"

„Nein", sagte Mrs. Hanley. „Ich habe Christopher erst gesehen, als ich mit Ihnen hier herunterkam, Mr. Landon."

„Während der Aufregung in Nancys Zimmer wussten Sie auch nicht, wo Ihr Mann war?"

„Warum? Doch, er muss in seinem eigenen Zimmer geschlafen haben."

„Verstehe", sagte Jimmie und klopfte sich nachdenklich mit einem Bleistift gegen sein Kinn, so als wäre er plötzlich völlig verblüfft.

Er drehte sich ein wenig in seinem Sessel und heftete seinen Blick auf die blasse Blondheit von Mrs. Foster. Sie wirkte ein wenig unbehaglich, erwiderte seinen Blick, aber ohne mit der Wimper zu zucken.

„So“, sagte Jimmie, „das wär’s fürs Erste, Mrs. Hanley.“

„Ich habe Ihnen aber noch nicht alles gesagt, was ich weiß“, sagte Mrs. Hanley lächelnd.

„Oh, das ist mir klar“, sagte Jimmie, ohne seinen Blick von Mrs. Foster abzuwenden.

„Ich gehe davon aus, Mr. Landon, dass Sie mir jetzt eine ganze Menge alberner Fragen stellen werden“, sagte Mrs. Foster mit einer knappen Kopfbewegung.

„Das werde ich“, sagte Jimmie, ohne zu lächeln. „Ich denke, eine Person in diesem Raum hat den Schlüssel …“

„Nancys Zimmer war nicht abgeschlossen“, rief Mrs. Hanley mit triumphierender Stimme.

„Ich meinte den Schlüssel zu unserem Geheimnis, nicht den zu Nancys Zimmer“, wies Jimmie sie zurecht.

„Ich will ja nur sagen“, konterte Mrs. Hanley eine Spur aggressiv, „wenn hier irgendetwas wirklich Unangenehmes herauskommt, dann hat Nancy sich das selbst zuzuschreiben.“

„Sehr nett“, sagte Nancy, „wahrscheinlich denken

Sie auch, dass es für mich ganz normal ist, Butlern zu erlauben, in mein Zimmer zu kommen."

„Es ist noch nicht bewiesen, dass es mein Butler war", erwiderte Mrs. Hanley.

„Na, was denken denn Sie, wessen Butler es gewesen ist?", rief Nancy aufbrausend.

„Also, Mrs. Foster", sagte Jimmie, „nachdem Mrs. Hanley Sie verlassen hatte und ..."

Mrs. Martin unterbrach ihn: „Helen weiß kein bisschen mehr über die Sache als ich."

„Natürlich nicht", sagte Mrs. Foster ärgerlich.

Jimmie schaute Mrs. Foster vorwurfsvoll an: „Nachdem Mrs. Hanley Sie verlassen hatte, was haben Sie da gemacht?"

„Wieso? Ich habe nichts gemacht."

„Sind Sie mit Mrs. Martin im Wintergarten geblieben?"

„Ja, wir haben noch ein bisschen zusammengesessen und uns unterhalten."

„Sie haben wohl über mich geredet", sagte Mrs. Hanley mit einem glucksenden Lachen.

„Nein, wir haben überhaupt nicht über Sie gesprochen", versicherte Vera Martin lächelnd. „Wir haben uns über Paris unterhalten."

„Sie haben also über Paris gesprochen", sagte Jimmie ernst. „Hatte eine von Ihnen die Absicht, sich in Paris scheiden zu lassen?"

„Natürlich nicht“, sagte Mrs. Foster. „Wenn wir uns scheiden lassen wollten, würden wir eher nach Reno fahren und nicht nach Paris.“

„Das ist viel billiger“, sagte Mrs. Hanley gehässig.

„Wie lange saßen Sie denn im Wintergarten und haben sich über Paris unterhalten, bevor Ihre Ehemänner wieder reinkamen?“, fragte Jimmie.

„Das weiß ich nicht“, sagte Mrs. Foster.

„Es wird so eine Stunde gewesen sein“, schätzte Mrs. Martin.

„War es eine Stunde, Mrs. Foster?“, fragte Jimmie.

„Könnte sein“, erwiderte Helen vage. Sie blickte zu ihrem Mann, der auf den Boden schaute.

„Ich weiß, dass es eine Stunde gewesen ist“, sagte Mrs. Martin abschließend. „Denn als Mrs. Hanley gegangen ist, habe ich auf meine Uhr gesehen, und da war es halb zwölf.“

„Halb zwölf“, sagte Jimmie nachdenklich. Er schaute auf das Blatt Papier vor sich, notierte kurz etwas und blickte dann zu Mrs. Foster. „Es gefällt mir nicht, dass Mrs. Martin die Fragen für Sie beantwortet“, sagte er streng. „Erinnern Sie sich denn an gar nichts, Mrs. Foster?“

„Ich glaube nicht, dass ich mich an irgendetwas erinnern kann, was der Rede wert ist“, sagte Mrs. Foster unterkühlt.

„Das mag schon sein“, erwiderte Jimmie. „Aber bevor nicht einige Personen von der Liste der Verdächtigen gestrichen sind, kann ich nicht zu einer zufriedenstellenden Lösung kommen. Ich muss das Ganze aus allen Blickwinkeln beleuchten. Die Sache ist sehr kompliziert und rätselhaft. Natürlich habe ich nichts weiter als meine eigenen Vermutungen, aber es wäre auch peinlich für mich, einfach mit dem Finger auf irgendeinen der Männer zu zeigen und zu sagen: ‚Sie waren es!‘“

„Waren was?“, fragte Mrs. Foster.

„Was auch immer passiert ist, meine liebe Mrs. Foster“, sagte Jimmie lächelnd, „bevor wir nicht jemanden dazu bringen, seine Schuld einzugestehen, können wir auch nicht genau feststellen, was geschehen ist. Nancy scheint sich ja nicht daran zu erinnern, was mit ihr passiert ist.“

Nancy legte ihren Kopf zurück, schaute Jimmie an und sagte: „Ich glaube wirklich nicht, dass mir irgendetwas zugestoßen ist, aber es wäre etwas passiert, wenn ich nicht aufgewacht wäre.“

„Wissen Sie“, sagte Jimmie, „mein größtes Problem ist, erst mal herauszufinden, ob einer der Männer oder der Butler im Zimmer war. Es gibt auch noch einen anderen möglichen Verdacht, aber darauf wollen wir jetzt noch nicht eingehen. Als ich von dieser unerfreulichen Angelegenheit gehört habe, war mein erster Gedanke, dass einer der männlichen Gäste im Schlaf gewandelt ist …“

„Wenn sie ihre Tür abschließen würde“, rief Mrs. Hanley ein wenig unfreundlich, „dann könnte auch niemand in ihr Zimmer kommen.“

„Ich schließe meine Tür nie ab“, erwiderte Nancy beleidigt. „Das musste ich bisher auch nie. Ich bin noch nie in einem Haus gewesen, wo es nötig war, seine Tür abzuschließen.“

„Sie brauchen nicht gleich mein Haus zu kritisieren!“, empörte sich Mrs. Hanley und erblasste.

„Ich kritisiere nicht Ihr Haus“, sagte Nancy und zog die Mundwinkel herunter. „Ich reagiere nur auf Ihre Kritik an mir, meine Liebe.“

„Also, Mrs. Foster …“, sagte Jimmie.

„Ich glaube nicht, dass irgendjemand in Ihrem Zimmer war“, kreischte Mrs. Hanley mit schriller Stimme. „Ich glaube, dass Sie …“

„Sie haben drei Männer in meinem Zimmer angetroffen, als Sie hereinkamen“, erwiderte Nancy. „Und einer muss schon vorher da gewesen sein.“

„Sollen wir die Untersuchung unterbrechen und ins Bett gehen?“, fragte Jimmie.

„Von mir aus“, rief Mrs. Hanley, „könnten auch fünfzig Männer in ihrem Zimmer gewesen sein.“

„Sie haben damit angefangen“, erklärte Nancy stur, „und jetzt werden wir es zu Ende bringen. Wir werden hier sitzen, bis Jimmie den Schuldigen zu einem Geständnis zwingt."

„Von mir aus", sagte Mrs. Hanley eisig.

Jimmie zündete sich eine Zigarette an.

Christopher schnarchte noch immer auf dem Diwan.

Sechstes Kapitel

Jimmie wurde klar, dass Nancy jetzt keine Rücksicht mehr nehmen würde. Er erkannte das am Ausdruck ihrer Augen und an der Art, wie sie die Mundwinkel herunterzog.

Er schaute zu Mrs. Hanley. Sie saß ganz blass da, hatte die Hände im Schoß gefaltet und es schien, als würde sie innerlich vor Wut kochen.

Jimmie schaute von ihrem Gesicht zu dem von Mrs. Foster hinüber.

„Ist Ihr Mann aus dem Garten wieder hereingekommen, bevor Sie den Wintergarten verließen, Mrs. Foster?"

„Nein, ist er nicht", erwiderte Mrs. Foster, drehte sich in ihrem Sessel und schaute zu ihrem Ehemann herüber, der plötzlich aussah, als sei ihm nicht mehr ganz wohl in seiner Haut.

„Meiner auch nicht", sagte Mrs. Martin.

„Dann sind Sie also beide ins Bett gegangen, bevor Ihre Männer aus dem Garten wieder hereingekommen sind?"

„Nein, ich bin nicht ins Bett gegangen", bemerkte Mrs. Foster kurz angebunden.

„Wohin sind Sie denn gegangen?"

„Ich bin rausgegangen."

„Wo raus?"

„Raus aus dem Wintergarten."

„Mit Mrs. Martin?"

„Nein, alleine."

„Warum ist Mrs. Martin nicht mit Ihnen gekommen?"

„Das weiß ich nicht."

„Das wissen Sie nicht?"

Jimmie betrachtete Mrs. Martin sehr genau. Sie schien rot geworden zu sein. Außerdem zupfte sie an ihrem Pyjama herum.

„Warum sind Sie nicht mit nach draußen gegangen, Mrs. Martin?", erkundigte sich Jimmie.

„Ich wollte nicht", sagte Mrs. Martin zornig.

Jimmie schaute zu Mrs. Foster: „Warum wollte sie nicht?"

„Wir hatten einen Streit, deswegen ist sie nicht mitgekommen", sagte Helen und blitzte Mrs. Martin an, die ihren Blick scharf erwiderte.

„Ach so, Sie hatten einen Streit!", Jimmie beugte sich mit plötzlich erwachtem Interesse in seinem Sessel nach vorne.

„Ja, hatten wir."

„Warum hatten Sie denn Streit?"

Mit einer kleinen Kopfbewegung erhob sich Mrs. Martin aus ihrem Sessel und betrachtete Mrs. Foster einen Augenblick lang schweigend. Dann sagte sie in vernichtendem Ton: „Helen sagte, dass mein Mann versucht hatte, sie vor dem Abendessen auf der Terrasse zu küssen."

Jimmie fragte: „Hat er Sie denn auf der Terrasse geküsst?"

„Nein, hat er nicht."

„Wo hat er Sie denn geküsst?"

„Auf den Hals", sagte Mrs. Foster.

Jimmie schaute zu Bob. Der saß da, den Kopf vornübergeneigt, den Blick zu Boden gerichtet.

Mrs. Hanley mischte sich mit einem nervösen, kurzen Lachen ein: „Mir scheint, dass …"

Jimmie unterbrach sie. „Das ist jetzt ganz egal. Es ist Juni – alle sind in diesem Monat liebestoll. Also, Mrs. Foster …"

„Sie könnten so diskret sein und Ihre eigenen Angelegenheiten für sich behalten", rief Mrs. Martin verbittert und schaute Helen mit einem boshaften Flackern im Blick an.

„Mr. Landon hat alle dazu aufgefordert, die Wahrheit zu sagen", erwiderte Mrs. Foster abwehrend.

„Also, Mrs. Foster", sagte Jimmie, „Sie haben mir gerade erzählt, dass Mr. Martin Sie auf der Terrasse geküsst hat …"

„Ich habe nicht gesagt, dass er mich auf der Terrasse geküsst hat – ich sagte, er hat mich auf den Hals geküsst."

„Genau", erwiderte Jimmie mit leichtem Stirnrunzeln. „Ich wollte sagen, er hat Sie auf den Hals geküsst, als Sie auf der Terrasse standen."

„Ich habe nicht auf der Terrasse gestanden", sagte Helen geringschätzig.

„Was haben Sie dann auf der Terrasse gemacht?"

„Ich habe in einer Hängematte gelegen."

„Oh!", entfuhr es Mrs. Martin, und ihre Augen funkelten seltsam grün. „Sie lagen auf der Terrasse in einer Hängematte und mein Mann hat Sie auf den Hals geküsst. Sie haben mir nichts von der Hängematte erzählt. Sie haben gelogen – gelogen!"

Mrs. Hanley erhob sich aus ihrem Sessel und fasste sich an die Kehle. Mit erstickter Stimme sagte sie: „Mein Gott, das ist das schlimmste Wochenende, das ich je hatte!"

„Ich finde, wir sollten niemanden als Lügner bezeichnen", sagte Jimmie ruhig. „Wir sind alle wohlerzogene Menschen, sonst wären wir nicht in Mrs. Hanleys Haus. Dürfte ich Sie also bitten, die ganze Angelegenheit mit weniger Aufregung zu behandeln und sich nicht gegenseitig zu beleidigen …?"

„Sie müssen nicht glauben, dass ich darauf erpicht war, von Bob geküsst zu werden", sagte Mrs. Foster. „Ich bin schon von deutlich attraktiveren Männern geküsst worden …"

Arthur Foster sprang wie ein Springteufel aus seinem Sessel. Er stand schwankend da, blass und mit glühenden Augen. Er schrie: „Du lässt dich also regelmäßig in Hängematten von Männern küssen!"

„Ich habe ihm nicht erlaubt, mich zu küssen – er hat mich einfach geküsst!"

„Das kommt aufs Gleiche raus", stieß Foster wild hervor. „Ich sollte den Dieb umbringen!" Er schwang sich herum und starrte auf Mr. Martin.

Bob Martin erstarrte in seinem Sessel. „Was meinen Sie mit Dieb?", fauchte er. „Ich habe nichts gestohlen."

„Doch, haben Sie", gab Mrs. Foster zurück. „Sie haben einen Kuss gestohlen."

Jimmie lehnte sich mit einem Seufzen in seinem Sessel zurück und starrte erschöpft und ratlos an die Decke. Dann sagte er: „Genau das habe ich befürchtet." Er wandte seine Augen von der Decke ab und schaute zu Mrs. Hanley. Sie stand vor dem Sofa und spielte nervös mit ihrer Perlenkette. Sie war ganz offensichtlich aufgewühlt und beunruhigt.

Nach einer Weile sagte Jimmie: „Meine liebe Mrs. Hanley, mir wäre es lieber, wir würden die Untersuchung abbrechen und ins Bett gehen."

„Ja, ich denke auch, das wäre das Beste", stimmte ihm Mrs. Hanley zu. „Mir scheint, dass die Dinge sich nicht so gut entwickeln."

„Nein, überhaupt nicht", versicherte ihr Jimmie.

„Die ganze Angelegenheit ist schrecklich verworren. Und bei einem rätselhaften Fall wie diesem bringt jede Art von Befragung unerfreuliche Dinge ans Tageslicht, kleine Vorkommnisse, die besser im Verborgenen bleiben. Aber wenn wir die Wahrheit herausfinden wollen, müssen die Leute ihre Geheimnisse preisgeben."

„Ich denke", sagte Mrs. Hanley ein wenig unglücklich, „dass wir das Ganze besser auf sich beruhen lassen sollten."

„Ach, wirklich!", rief Vera Martin aufgebracht. „Mrs. Foster erzählt allen, dass mein Mann sie auf der Terrasse in der Hängematte geküsst hat, und plötzlich findet Mr. Landon, dass er aufhören sollte, den Leuten weitere Fragen zu stellen."

„Was mich betrifft", erwiderte Mrs. Foster entschlossen, „habe ich nichts zu verbergen. Ich wollte auch nichts sagen, Vera. Aber vorhin ist mir der Gedanke gekommen, dass Ihr Ehemann, wenn er der Typ Mann ist, der mich auf den Hals küsst, wenn ich gerade nicht hinschaue, genauso gut so ein Mann sein kann, der ins Schlafzimmer einer Frau eindringt und noch viel weiter geht."

„Viel weiter als was?", fragte Nancy und tippte sich mit einem Finger ans Kinn.

„Ich denke, sie meint weiter als die Terrasse", sagte Jimmie.

„Nein, meine ich nicht“, erwiderte Helen mit sarkastischem Lächeln. „Ich meinte weiter als der Hals.“

„Bitte …“, ging Mrs. Hanley hilflos dazwischen.

„Ich glaube“, sagte Jimmie vorsichtig, „dass Sie einen wohlbegründeten Verdacht haben, Mrs. Foster, dass Mr. Martin der Mann sein könnte, der von Ihrem Hals zu Nancys Schlafzimmer weiterging.“

„Ich habe nichts dergleichen getan!“, empörte sich Mr. Martin.

Plötzlich ging Helen Foster quer durch den Raum und blieb vor dem Konsolentisch stehen. Sie schaute Jimmie feindselig an. Er sah, dass ihre Lippen zitterten.

Mrs. Foster sagte: „Fahren Sie fort und bringen Sie das hier zu Ende, Mr. Landon. Ich denke, wir haben alle ein Recht darauf zu erfahren, wer der Mann war.“

„Das meine ich auch“, erklang Nancys Stimme. „Wenn wir das Ganze jetzt abbrechen und ins Bett gehen, dann könnte es sein, dass Vera sich von ihrem Mann scheiden lässt, obwohl er komplett unschuldig ist.“

Jimmie schaute zu Mrs. Hanley: „Da ist was Wahres dran, oder Mrs. Hanley?“

„Mag sein“, erwiderte Mrs. Hanley.

„Gut“, sagte Jimmie und erhob sich aus seinem Sessel, „wir werden aber unser Vorgehen komplett ändern.“ Er ging um den Tisch herum, griff sich einen Sessel und schob ihn vor den Tisch. „Die ständigen Unterbrechungen vernebeln die Tatsachen. Das Problem ist und war es schon von Anfang an: Welcher Mann im Haus ist in Nancys Zimmer eingedrungen und hat sie zum Schreien gebracht? Das ist das einzige Rätsel, das wir zu lösen versuchen. Um den Schuldigen zu finden, könnte es sein, dass wir etwas schmutzige Wäsche waschen müssen. Das sollten wir dann aber beiseitewischen und das größere Ziel im Auge behalten, dem richtigen Mann die Schuld zu geben. Wenn wir hier und jetzt aufhören und ins Bett gehen, würden alle morgen mit einem schlechten Geschmack im Mund erwachen, randvoll mit Verdächtigungen und bösen Gedanken. Setzen Sie sich in diesen Sessel, Mrs. Foster, ab jetzt ist das der Zeugenstand. Jeder, der nicht auf diesem Platz sitzt, muss still sein. Wenn ich Sie bitte, dort Platz zu nehmen, dürfen Sie jedoch alles sagen, was Sie wollen."

Mrs. Foster ließ sich mit einem kleinen Schulterzucken und einem Lächeln in den Sessel fallen.

Jimmie kehrte auf seinen Platz zurück und goss etwas Whisky in ein Glas.

„Also, Mrs. Foster, erzählen Sie mir von der Sache mit dem Hals gestern Abend."

„Kurz vor dem Abendessen lag ich allein in der Hängematte", begann Helen. „Ich hatte in einem

Buch gelesen, aber als es dunkel wurde, habe ich es beiseitegeworfen.“

„Wohin haben Sie es denn geworfen?“, fragte Jimmie.

„Einfach weg.“

„Sie haben es weggeworfen?“

„Nein, ich habe es einfach auf die Terrasse fallen lassen.“

„Und Sie sind in der Hängematte geblieben?“

„Ja.“

„Haben Sie darin gesessen oder gelegen?“

„Ich habe darin gelegen.“

„Wann haben Sie Mr. Martins Anwesenheit erstmals bemerkt?“

„Er kam aus dem Haus und zu mir herüber …“

„Von hinten?“

„Wie von hinten?“

„Ihrer Hinterseite – der Hinterseite des Hauses.“

„Das nehme ich an.“

„War es schon dunkel, als er bei Ihnen ankam?“

„Ja, es war ziemlich dunkel.“

„Was denken Sie, wie spät es war?“

„Es muss so Viertel vor acht gewesen sein.“

„Glauben Sie, Mr. Martin wusste, wer Sie waren, als er zur Hängematte kam?“

„Ich habe keine Ahnung. Ich bin mir aber sicher, dass er mein Gesicht nicht sehen konnte.“

„Gab es denn etwas, was er sehen konnte?"

„Ich glaube nicht."

„Ihrer Meinung nach gab es also nichts, woraus Mr. Martin hätte schließen können, dass Sie es waren, die in der Hängematte lag?"

„Nein."

„Hat er Sie angesprochen?"

„Nein, ich konnte ja nicht mal sein Gesicht sehen. Einen Moment lang habe ich sogar geglaubt, es sei mein eigener Mann. Nie im Leben wäre ich auf die Idee gekommen, dass es Veras war."

„Erzählen Sie uns, was passiert ist."

„Ganz plötzlich beugte er sich über die Hängematte und versuchte mich zu küssen. Ich zuckte weg und da erwischte er meinen Hals."

„Hat er Sie gebissen?"

„Er hat mich gebissen, dann habe ich nach Luft geschnappt."

Vera Martin fiel mit ersticktem Weinen in ihren Sessel, aber Jimmie beachtete sie nicht weiter.

„Was ist passiert, als Sie nach Atem rangen?"

„Er beugte sich zurück und sagte: ‚Meine Güte, hören Sie doch auf, so zu keuchen!'"

„Und, haben Sie aufgehört zu keuchen?"

„Ja. Ich bin aus der Hängematte geklettert und habe ihn geohrfeigt. Dann habe ich versucht, das Buch zu finden, um ihn damit zu schlagen. Aber es war so dunkel, dass ich es nicht finden konnte. Und als ich auf der Terrasse herumtastete, gab er mir einen Schubs und stieß mich wieder in die Hängematte."

„Was haben Sie dann gemacht?"

„Ich war einfach fassungslos. Ich konnte nicht glauben, dass Bob Martin so etwas tat. Ich dachte, er muss betrunken sein. Aber bevor ich etwas sagen konnte, drehte er sich um und rannte davon. Ich konnte ihn nicht sehen, aber ich konnte ihn über die Terrasse rennen hören. Ich kletterte aus der Hängematte und starrte in die Richtung, aus der ich seine Schritte hörte. Ich wollte weinen. Ich war sogar richtig hysterisch. Ich wusste überhaupt nicht, was ich machen sollte. Ich hatte keine Ahnung, wie ich Vera erzählen sollte, dass ihr Mann versucht hatte, mich zu küssen. Ich wusste, dass es zum Streit kommen würde, Bob vielleicht alles abstreiten und Vera denken würde, dass ich sie belogen hätte. Vera und ich sind immer gute Freundinnen gewesen und ich habe bisher nie Ärger mit ihrem Mann gehabt."

Ein tiefes Schweigen lag über dem Raum. Jimmie saß da, den Kopf in die Hände gestützt, und betrachtete Mrs. Fosters hübsches Gesicht mit nachdenklichem Blick. Der erste definitive Hinweis war gefunden. Der Verdacht fiel eindeutig auf Bob Martin. Hatte er Helen mit Nancy verwechselt? Jimmie zog diese Möglichkeit in der unheilvollen Stille des Raumes in Betracht. Christopher hatte sogar aufgehört zu schnarchen, obwohl er immer noch schlief.

Jimmie trank den restlichen Whisky aus dem Glas und warf Bob einen kurzen Blick zu. Mr. Martin saß da mit einem betretenen Ausdruck auf seinem attraktiven Gesicht.

Jimmie beleuchtete die Situation im Geiste von allen Seiten. Die Sache war von Anfang an kompliziert und ziemlich undurchsichtig gewesen. Echte Hinweise hatte es kaum gegeben. Aber hier gab es jetzt zumindest den Ansatz eines Motivs. Bob Martin war auf die dunkle Terrasse gegangen. Er hatte sich einer Hängematte genähert. Darin befand sich eine Frau, die er küssen wollte. Er war sich so sicher, die richtige Frau vor sich zu haben, dass er sich absichtlich vorgebeugt und direkt auf ihren Mund gezielt hatte. Weil sie ihren Kopf zur Seite warf, um seinem Kuss auszuweichen, hatte er sie am Hals erwischt. Selbst dann muss er noch davon überzeugt gewesen sein, nur die Lippen der richtigen Frau verfehlt zu haben, denn er biss Helen in den Hals. Nüchtern betrachtet war Jimmie der festen Überzeugung, dass kein Mann einer Frau in den Hals biss, wenn er nicht sicher war, dass der Biss keine Komplikationen heraufbeschwören würde.

Jimmie beugte sich vor: „Wie lange kennen Sie die Martins schon?“

„Ungefähr drei Jahre", sagte Helen Foster.

„Und Mr. Martin hat vorher nie versucht, Sie zu küssen?"

Mrs. Foster schien zu zögern. Sie errötete und ihre Lippen begannen ein wenig zu zittern.

„Mr. Martin hat nie zuvor versucht, Sie zu küssen?", beharrte Jimmie.

„Doch, hat er."

Mrs. Martin gab einen merkwürdigen Laut aus ihrer Kehle von sich und Foster klopfte nervös auf die Armlehne seines Sessels mit einem zornigen Ausdruck in den Augen.

„Sie geben also zu", sagte Jimmie, „dass schon vor dem Kuss in der Hängematte etwas zwischen Ihnen und Mr. Martin war?"

„Nein, es war nichts zwischen uns …"

„Sie scheinen zu zögern, frühere Küsse zur Sprache zu bringen", sagte Jimmie mit einem unmerklichen Lächeln.

„Es bringt doch nichts, in der Vergangenheit zu wühlen", erwiderte Mrs. Foster nervös.

„Der Punkt ist aber", erkläre Jimmie, „dass ich eine direkte Verbindung zwischen den sexuellen Gefühlen von Mr. Martin und jenen des unbekannten Mannes herstellen muss, der gestern Abend in Nancys Zimmer vorgedrungen ist. Wenn Mr. Martin dachte, nicht Sie, sondern Mrs. Randin läge in der

Hängematte, dann hätten wir damit einen emotionalen Zusammenhang."

„Ich weiß nicht, was Sie meinen", sagte Mrs. Foster scheinbar ahnungslos.

„Lassen Sie es mich erklären", sagte Jimmie. „Die Psychologie der Gefühle ist immer äußerst verwirrend. Ein Gefühl kann ein aufgewühlter geistiger Zustand sein. Man könnte auch sagen, Gefühle sind die bewusste Seite der Instinkte. Der Mann fühlt das starke Bedürfnis, die Frau zu lieben. Wenn ein Mann Liebe empfindet, dann spürt er natürlich auch den Wunsch nach Sex, egal was all die großen Moralisten und Puritaner sagen, die hartnäckig die biologische Existenz von Sex abstreiten. Ich teile diese extrem sexuellen Ansichten gar nicht unbedingt. Aber wir müssen Sex als einen lebendigen Teil des alltäglichen Lebens anerkennen und besonders als vitalen und anregenden Teil eines jeden Wochenendes."

„Ich weiß immer noch nicht, was Sie meinen", sagte Mrs. Foster.

„Wissen Sie, was Sex ist?", erkundigte sich Jimmie.

„Natürlich weiß ich, was Sex ist", erwiderte Helen und wurde dunkelrot im Gesicht.

„Nun, was ist Sex?", fragte Jimmie ernst.

„Es ist – Sex, natürlich – einfach Sex", antwortete Mrs. Foster.

„Genau", stimmte Jimmie ihr zu. „Dann wissen

Sie aber auch, dass es ein Gefühl ist. Und wenn ein Mann ein sexuelles Gefühl verspürt, dann läuft er geistig Amok. Das meine ich mit Verbindung. Mr. Martin hat Sie in der Hängematte geküsst …"

„Auf den Hals", sagte Mrs. Foster gereizt.

„Ja, auf den Hals", räumte Jimmie ein. „Daran sehen Sie, dass er geistig Amok gelaufen ist. Mit anderen Worten, er war hinter einer Frau her."

„Er hat doch eine Ehefrau", sagte Helen kühl.

„Die hat er mit Sicherheit!", rief Mrs. Martin wütend. „Ich bin mir aber nicht so sicher, wie lange noch."

„Rede doch keinen Unsinn", sagte Bob mit einem verlegenen Lächeln. „Der Kerl ist betrunken. Er sitzt seit Stunden an diesem Tisch und trinkt Whisky. Die meiste Zeit weiß er nicht mal, was er sagt. Anwälte sind so. Sie sind geborene Schwätzer – gib ihnen ein paar Drinks und sie hören einfach nicht mehr auf."

„Na ja", sagte Mrs. Martin bitter, „wenn Mr. Landon betrunken ist, dann ist das mit Sicherheit Pech für dich, denn er bringt einige Dinge zum Vorschein, von denen ich gar nichts wusste."

„Ganz genau", sagte Jimmie. „Darum geht's in dieser Untersuchung. Zurück zu Ihnen, Mrs. Foster …"

„Ich möchte keine weiteren Fragen beantworten", sagte Helen. „Ich bin nervös."

„Oh, Sie möchten keine weiteren Fragen beantworten!“, fauchte Vera quer durch den Raum. „Sie geben zu, dass mein Mann Sie in einer Hängematte geküsst hat, dass er Sie früher auch schon geküsst hat, und jetzt sind Sie plötzlich so nervös, dass Sie keine weiteren Fragen mehr beantworten wollen.“

„Mir scheint“, mischte sich Mrs. Hanley besorgt ein, „dass das hier zu nichts Gutem führen wird, Mr. Landon.“

„Das dachte ich gleich, als Sie mit alledem angefangen haben“, erwiderte Jimmie mit einem unmerklich ironischen Lächeln.

„Lassen Sie sich nicht abbringen, Jimmie“, erklärte Nancy von ihrem Sessel aus. „Diese Leute haben versucht, mich als loses Frauenzimmer abzustempeln, aber wenn sich bei ihnen mal was löst, dann schreien sie Zeter und Mordio.“

„Ich zetere nicht, wenn ich bitten dürfte“, gab Vera zurück. „Ich werde hier sitzen und schweigen und mir jedes Wort anhören, dass Helen über meinen Mann und seine Küsserei zu sagen hat.“

„Wo hat Mr. Martin Sie zuvor geküsst?“, fragte Jimmie unvermittelt.

Mrs. Foster rutschte ungemütlich in ihrem Sessel herum.

Mrs. Hanley schien sehr aufgeregt zu sein.

„Sehen Sie, sie hat Angst zu antworten!“, rief Vera.

„Haben Sie Angst zu antworten?“, hakte Jimmie nach.

„Nein, ich habe keine Angst zu antworten, ich kann mich bloß nicht erinnern, wo es war.“ Ein Ausdruck von Betroffenheit machte sich auf Mrs. Fosters Gesicht breit.

„Also gut“, sagte Jimmie, „nachdem Mr. Martin Sie auf den Hals geküsst hat und weggerannt ist, wohin ist er dann gelaufen?“

„Ich weiß nicht, wohin er gelaufen ist. Ich habe Ihnen doch gesagt, dass es dunkel war. Ich habe ihn weglaufen hören, aber sehen konnte ich ihn nicht.“

„Glauben Sie, er hat einen Fehler gemacht, als er Sie küsste?“

„Ich habe keine Ahnung, was er gemacht hat. Ich war viel zu überrascht, um überhaupt irgendetwas zu denken.“

„Ich frage mich, Mrs. Foster, wenn Mr. Martin Sie früher schon mal geküsst hat, dann konnten Sie doch durchaus erwarten, dass er es wieder tun würde. Warum glauben Sie dann, dass er das Gefühl hatte, nicht die richtige Frau zu küssen?“

„Na, er wäre doch nicht davongerannt, als ich nach Luft geschnappt habe, oder?“, fragte Mrs. Foster mit einem kleinen Lachen.

„Das ist eine ganz natürliche Reaktion“, sagte Jimmie ernst. „Wenn ein Mann eine Frau küsst und sie beginnt nach Atem zu ringen, dann läuft er fast immer davon. Es scheint mir sonnenklar, dass Mr. Martin bis zu einem gewissen Grade unter sexuellen Gefühlen litt, als er sich der Hängematte näherte. Es ist offensichtlich, dass er hinter einer Frau her war, nur hinter welcher?"

„Ich weiß nicht, hinter welcher Frau er her war", antwortete Helen.

„Das weiß ich auch nicht", sagte Jimmie. „Alles, was ich weiß, ist, dass er Sie erwischt hat."

„Was meinen Sie mit ‚mich erwischt'?"

„Sie haben doch zugegeben, dass er nach Ihrem Mund gesucht hat, ihn verfehlte und Sie stattdessen am Hals erwischte."

„Ja, das hat er."

„Na, dann hat er Sie doch erwischt", sagte Jimmie. „Was wir aber nicht wissen, ist Folgendes: Hat er die Frau erwischt, die er wollte?"

„Ich habe keine Ahnung, welche Frau er wollte", erwiderte Mrs. Foster.

„Was haben Sie gemacht, nachdem Mr. Martin weggerannt war?"

„Das habe ich Ihnen doch schon gesagt – ich stand da und habe mich gefragt, was gerade passiert war."

„Ich dachte, Sie hatten mir gesagt, er hätte Sie in die Hängematte zurückgestoßen."

„Ja, ich meinte auch, ich habe dagesessen und mich

gefragt, was gerade passiert ist. Ich war durcheinander. Ich wusste nicht, was ich tun sollte. Ich wollte auch nicht zu Vera gehen und es ihr erzählen.“

„Haben Sie eigentlich genauso reagiert, als Mr. Martin Sie das erste Mal küsste?“, fragte Jimmie listig.

„Oh nein“, erwiderte Helen gedankenlos.

Jimmie schaute kurz zu Mrs. Martin hinüber. Sie saß angespannt da, die Augen fest auf Mrs. Fosters Gesicht geheftet. Zwischen ihren Fingern knetete sie ein kleines Spitzentaschentuch. Ihre Augen flackerten zornig. Es tat Jimmie leid, einsehen zu müssen, dass die Ehe ein Sammelbecken für Unannehmlichkeiten und Verrat war. Wir hatten hier zwei nette Frauen, scheinbar beste Freundinnen, die jetzt bereit waren, sich aufeinanderzustürzen. Jimmie hatte keinen Zweifel, dass Mrs. Martin am liebsten Mrs. Foster an die Gurgel gehen und sie ansonsten in Stücke reißen wollte.

Arthur Foster andererseits saß still in seinem Sessel und starrte auf den Boden. Er schien etwas blass zu sein, ertrug diese Prüfung aber würdevoll. Es musste für ihn schon ziemlich peinlich und unangenehm sein, seine Frau darüber reden zu hören, wie sie von einem der eigenen Freunde geküsst worden war. Und dennoch, dachte Jimmie philosophisch, was zählten schon Küsse unter Freunden?

Mit einem Lächeln um die Mundwinkel sagte Jimmie zu Mrs. Foster: „Das wär's fürs Erste, Mrs. Foster. Sie können den Zeugenstand verlassen. Ich werde Sie später noch einmal aufrufen."

Mrs. Foster sprang mit einem überraschten Ausdruck in den Augen auf und starrte Jimmie an. Sie schien gerade etwas sagen zu wollen, brach dann aber in Tränen aus und rannte quer durch den Raum zu ihrem Sessel zurück.

Jimmie schaute zu Nancy. Sie blickte ihn mit beunruhigender Festigkeit an. Er sagte: „Bitte nehmen Sie in diesem Sessel Platz, Nancy."

Nancy erhob sich und gähnte entzückend. Sie ging zu dem Sessel, ließ sich hineinfallen und sagte: „Ich hoffe, Sie erwarten nicht, dass ich etwas über Mr. Martin weiß, der Frauen in Hängematten küsst."

„Oh nein", erwiderte Jimmie. „Ich möchte nur dort anknüpfen, wo wir aufgehört haben."

„Wo haben wir denn aufgehört?", fragte Nancy und angelte nach einer Zigarette.

Jimmie gab ihr Feuer und schaute ihr in die Augen. Nancys Augen funkelten amüsiert. Plötzlich erschienen ihm ihre Lippen so verführerisch, dass er von dem Wunsch überwältigt wurde, sich über den Tisch zu beugen und sie zu küssen. Nancy konnte scheinbar Gedanken lesen, denn sie verschleierte ihren Blick mit langen Wimpern und blies ihm eine Wolke Zigarettenrauch ins Gesicht.

Jimmie musste husten und fragte: „Was haben Sie direkt vor dem Abendessen gemacht?"

Nancy spitzte die Lippen und schien nachzudenken. Dann sagte sie: „Direkt vor dem Abendessen habe ich ein Bad genommen."

„Wann war das ungefähr?", erkundigte sich Jimmie ernst.

„Ich glaube, es war so gegen sieben Uhr dreißig. Ich bade immer vor dem Frühstück und vor dem Abendessen."

Jimmie fragte: „Sie sind Freitagnachmittag hier herausgekommen, nicht wahr?"

„Ja, ich bin so gegen fünf Uhr angekommen. Eigentlich wollte ich gar nicht kommen, denn ich hatte so ein Gefühl, dass etwas passieren könnte, das Mrs. Hanleys Party verderben würde."

„Sie meinen, Sie hatten so eine Art Vorahnung?"

„Ja, ich glaube, man nennt es Vorahnung", sagte Nancy mit leichtem Stirnrunzeln. „Ich war schon immer ziemlich spirituell. Mein erster Mann pflegte ..."

„Warum nennen Sie ihn Ihren *ersten* Mann?", unterbrach Jimmie sie. „Sie haben doch erzählt, dass Sie nur *einen* Ehemann hatten."

„Weiß ich nicht", erwiderte Nancy. „Aus irgendeinem Grund denke ich an ihn immer als an meinen ersten Mann. So wie man mit Bedauern an einen Fehler denkt."

„Fahren Sie bitte fort", sagte Jimmie.

„Meinen ersten Mann haben meine übernatürlichen Kräfte immer fürchterlich aufgeregt. Es schien, als könnte ich direkt durch ihn hindurchsehen. Er sagte etwas zu mir, aber ich sah etwas ganz anderes. Das hat dann auch letztlich zu unserer Scheidung geführt. Von Natur aus bin ich sehr beständig."

„Das hoffe ich", sagte Jimmie ironisch. „Sie hatten also das Gefühl, hier draußen könnte etwas geschehen?"

„Ja", erklärte ihm Nancy, „ich hatte wirklich den Eindruck, etwas Bedauerliches würde geschehen oder auftreten. Ich scheine vom Schicksal verfolgt zu sein. Letzten Sommer habe ich ein Wochenende in Connecticut verbracht und Samstagnacht passierte dort ein Mord."

„Ein Mord", sagte Jimmie und beugte sich über den Tisch. „Das ist interessant."

„Keiner wusste, wie es passiert ist", sagte Nancy nüchtern. „Alle Leute im Haus sind am Samstag etwa gegen Mitternacht ins Bett gegangen. Und gegen drei Uhr knallte dann plötzlich ein Schuss im Haus ..."

„Wer hat geschossen?", fragte Jimmie.

„Das ist es gerade", antwortete Nancy. „Einer der

Gäste wurde erschossen – ein schrecklich netter Kerl. Alle schienen zu denken, dass seine Frau ihn erschossen hatte. Sie war ein eifersüchtiges kleines Ding. Natürlich kam die Polizei und auch Detektive – wir wurden alle verhört, aber keiner wusste so richtig etwas darüber."

„Wurde der Fall je aufgeklärt?", fragte Jimmie.

„Nicht, solange ich dort war", erwiderte Nancy. „Es gab eine Menge Artikel in den Zeitungen. Oh, es war ein ziemlicher Skandal. Mein Foto war in vielen Zeitschriften abgebildet und manche dachten sogar, dass ich der Grund für den Mord gewesen war. Es war genau so eine Angelegenheit wie hier: jede Menge Küsserei – eben die typische Wochenendmischung aus Leidenschaft und Irrsinn."

„Es hätte in der Tat auch in diesem Haus ein Mord geschehen können", sagte Jimmie.

„Vielleicht passiert auch noch einer!", rief Vera Martin plötzlich. Sie rief es so überraschend und so voller Wut, dass alle aufschreckten.

„Oh, das würde ich nicht tun, meine Liebe", sagte Nancy mit sanftem Erschaudern. „Schließlich werden die meisten Männer übers Wochenende schwach."

Mrs. Martin saß in ihrem Sessel und schaute mit unterdrückter Wut in den Augen zu ihrem Mann, der noch immer ganz gedankenverloren auf den Boden starrte.

Jimmie fragte: „Was haben Sie gemacht, nachdem Sie gebadet hatten?"

„Ich habe das Bad verlassen", sagte Nancy, „und bin ins Schlafzimmer gegangen."

„Was hatten Sie an?", erkundigte sich Jimmie.

„Nichts", erwiderte Nancy schamlos. „Es war ziemlich warm und ich fand es sehr angenehm, unbekleidet zu sein. Als ich ins Schlafzimmer kam, habe ich natürlich angefangen, mich fürs Abendessen anzuziehen. Ich war noch nicht sehr weit gekommen, da hörte ich im Garten direkt vor meinen Fenstern ein Geräusch."

„Ihre Fenster gehen zum Garten hinaus?"

„Ja."

„Was haben Sie gemacht, als Sie das Geräusch hörten?"

„Ich bin zum Fenster gelaufen und habe runter in den Garten geschaut."

„War in Ihrem Zimmer Licht an?"

„Ja, es brannten mehrere Lampen. Ich mag Licht."

„Wie weit waren Sie denn schon bekleidet?"

„Noch nicht sehr weit", sagte Nancy. „Ich hatte meine Strümpfe an."

Mrs. Hanley wand sich in ihrem Sessel und gab ein Röcheln von sich.

Jimmie schaute zu ihr und fragte: „Haben Sie etwas gesagt, Mrs. Hanley?"

Mrs. Hanley schüttelte den Kopf und umklammerte ihre Perlenkette. Eine Röte stieg ihr ins Gesicht und kroch bis zu den Haarwurzeln.

„Haben Sie etwas gesehen, als Sie in den Garten hinuntersahen?“, erkundigte sich Jimmie.

„Ich glaubte einen Mann zu sehen, der in einem Gebüsch stand und zu meinen Fenstern hochschaute“, sagte Nancy.

„Glauben Sie, er hat Sie gesehen?“, fragte Jimmie.

„Sie gesehen!“, rief Mrs. Hanley. „Natürlich hat er sie gesehen. Es war doch Licht im Zimmer, die Vorhänge waren zurückgezogen und sie hatte nichts weiter an als ihre Strümpfe.“

„Ich hatte auch einen Büstenhalter an“, sagte Nancy unbefangen. „Den habe ich nur vergessen zu erwähnen.“

„Haben Sie das Gesicht des Mannes gesehen?“, fragte Jimmie.

„Nein, es war so dunkel im Garten, dass ich sein Gesicht nicht erkennen konnte.“

„Woher wussten Sie dann, dass es ein Mann war?“

„Glauben Sie nicht, dass ich einen Mann erkenne, wenn ich einen sehe?“

„Doch, aber Sie haben gesagt, dass Sie sein Gesicht nicht erkennen konnten.“

„Ich konnte aber sehen, dass er Hosen anhatte. Die waren weiß.“

„Es ist ganz offensichtlich“, sagte Jimmie, „dass Sie jemand vor dem Abendessen beobachtet hat.“

„Wahrscheinlich mein Mann“, entfuhr es Mrs. Martin mit einem hysterischen Lachen.

Bob Martin explodierte: „Ich war nicht im Garten und ich habe auch nicht zu ihrem Fenster hochgeschaut.“

„Ach, wirklich“, sagte Vera spöttisch. „Du würdest natürlich nie in einem Garten stehen und zu einer Frau hochsehen, die nur in Strümpfen vor ihrem erleuchteten Fenster steht.“

„Was hat der Mann gemacht, als Sie zu ihm hinunterschauten?“, fragte Jimmie.

„Etwa eine Minute lang hat er gar nichts gemacht“, sagte Nancy nachdenklich. „Er stand einfach da und schaute. Ich habe dann einen der Vorhänge um mich gewickelt, da ist er plötzlich im Gebüsch verschwunden.“

„Und er ist nicht verschwunden, solange Sie nicht den Vorhang um sich gelegt hatten?“

„Nein. Dann muss er aber gerannt sein, denn ich habe es in den Büschen knacken hören.“

„Hatten Sie Angst?“

„Zuerst nicht. Ich war einfach überrascht und verwundert. Ich hätte mich deutlich wohler gefühlt, wenn ich den Mann erkannt hätte. Bei einem Bekannten wäre es mir nicht so peinlich gewesen. Als mir aber klar wurde, dass es vielleicht auch der Butler oder der Gärtner gewesen sein konnten, habe ich mich natürlich ein wenig unbehaglich gefühlt."

„Das glaube ich gerne", sagte Jimmie. Er saß da und schaute einen düsteren Augenblick lang zu Bob Martin. Es schien ihm, als würde sich eine Schlinge aus Indizien um Martin zusammenziehen. Zuerst hatte er Mrs. Foster auf den Hals geküsst und jetzt hatte man allen Grund anzunehmen, dass er der Mann war, der im Gebüsch gestanden und zu Nancys Fenster hochgesehen hatte.

Was hatte der arme Kerl für ein Problem? War er unglücklich mit seiner Frau? Gab es eine Missstimmung in seinem Leben, die ihn auf verborgene Pfade der Liebe und Leidenschaft trieb? Und hatte er geglaubt, Nancy wäre eine Frau, die ihn in der Abgeschiedenheit ihres Schlafzimmers mit offenen Armen empfangen würde?

Es war nicht zu leugnen, Bob Martin steckte in der Klemme. War er schlau genug, sich da wieder herauszuwinden? Bob war ein stiller und manchmal missmutiger Typ. Er war die Sorte Mann, die sehr geschickt einen Mord oder eine Liebschaft planen und sogar erfolgreich mit beidem davonkommen würde.

War er dann, nachdem er Nancy in ihren Strümpfen gesehen hatte und als alle im Haus ins Bett gegangen waren, zu ihrem Zimmer geschlichen, in der Hoffnung, dass Nancy …

Es schien unglaublich. Doch die sich auftürmenden Beweise waren erdrückend. Bob Martin hatte gesagt, dass er gesehen hatte, wie ein Mann durchs Gebüsch schlich, als er gerade auf dem Rasen eine Zigarette rauchte. Versuchte er mit Absicht, den Verdacht auf jemand anderen im Haus zu lenken?

Jimmie sagte unerbittlich: „Wir machen fünf Minuten Pause. Ich will einige Schlussfolgerungen schriftlich durchspielen."

„Kommen Sie irgendwie weiter?", fragte Nancy und zog charmant eine Augenbraue hoch.

„Irgendwie schon", erwiderte Jimmie sehr ernst.

Siebtes Kapitel

Das Schweigen im Raum hielt sich beharrlich. Jimmie saß grübelnd am Tisch, einen Bleistift in der Hand und ein Blatt Papier vor sich. Er zeichnete Kreuze, Linien und Punkte, schrieb Namen auf, setzte Fragezeichen dahinter und hielt immer wieder inne, um seinen Blick unschlüssig und grübelnd auf der Zimmerdecke ruhen zu lassen. Einmal schaute er kurz zu Nancy. Es schien ihm, als würde sie ihn mit einem zynisch-amüsierten Glitzern in den Augen beobachten. Jimmie hatte den Eindruck, dass Nancy die ganze Angelegenheit nicht so richtig ernst nahm.

Mrs. Hanley rutschte unruhig in ihrem Sessel herum, was Jimmie mit einem Stirnrunzeln quittierte.

Mrs. Hanley sagte entschuldigend: „Dürfte ich mal aufstehen und zum Fenster gehen? Ich bin fürchterlich verspannt."

„Aber selbstverständlich", erwiderte Jimmie.

Mrs. Hanley erhob sich. Einen Augenblick stand sie unschlüssig da und starrte argwöhnisch und misstrauisch zu Bob Martin herüber. Dann ging sie quer durch den Raum zu den geöffneten Terrassentüren und schaute mit erschöpft herunterhängenden Schultern hinaus.

Am anderen Ende des Raumes konnte man Christopher wieder schnarchen hören. Es war ein ruhiges, gleichmäßiges und rhythmisches Schnarchen.

Nancy drehte sich in ihrem Sessel und schaute durch die Dunkelheit zu ihm. Sie lächelte ein wenig, so als würde er ihr leidtun.

Jimmie analysierte gedanklich die Psychologie eines Mannes, der eine Frau in der Hängematte küsste, eine andere aus dem Gebüsch heraus beobachtete und auch ansonsten den Eindruck machte, auf der Pirsch zu sein.

Er dachte darüber nach, wie wahrscheinlich es war, dass Bob Martin der Schuldige war, und kam zu dem Schluss, dass eine solche Tat nur von einem unglücklich verheirateten Mann verübt worden sein konnte. Augenscheinlich gab es genügend Misstöne im Eheleben der Martins, um Bob dazu zu verleiten, in fremden Gärten zu wildern.

An diesem Punkt angelangt, hatte Jimmie überhaupt keine Lust mehr, mit der Untersuchung fortzufahren. Es konnte durchaus sein, dass Bob bei einem strengen Verhör in ein Labyrinth sexueller Indiskretionen verwickelt wurde, und es würde Jimmie mit großem Bedauern erfüllen, ihn so bloßstellen zu müssen.

Jimmie schaute auf das Blatt Papier. Er hatte Folgendes aufgeschrieben:

Bob Martin küsst unbekannte Frau.

Nancy sieht einen Mann aus dem Gebüsch zu ihr hochschauen, während sie, nur in Strümpfen, zurückschaut.

War der Mann Bob Martin?

Bob Martin gab an, einen Mann gesehen zu haben, der durchs Gebüsch schlich.

Hat Martin das behauptet, um den Verdacht von sich abzulenken?

Wo war der Butler, als Mrs. Hanley an seine Tür klopfte?

War er bei dem Hausmädchen oder hat er auf eine Gelegenheit gewartet, in Nancys Schlafzimmer einzudringen?

Zusammenfassung: Es scheint unwahrscheinlich, dass ein Butler versuchen würde, ins Zimmer eines Gastes vorzudringen. Viel wahrscheinlicher ist dagegen, dass Martin einem sexuellen Instinkt folgte und auf eigene Faust handelte.

Jimmie starrte schweigend auf das Blatt Papier. Er spürte, dass Nancy ihn noch immer mit diesem amüsierten Lächeln beobachtete, mit diesem ironischen Leuchten in den Augen. Er fragte sich, was sie wohl dachte.

Aber es gab handfeste Beweise, die die These erhärteten, dass Bob Martin der Mann gewesen war.

Jimmie blickte von dem Blatt Papier auf und betrachtete Martin eindringlich. Plötzlich schaute auch Bob auf und starrte seinerseits Jimmie herausfordernd an. Bobs Gesicht erschien sehr blass im Lichtschein einer Lampe, die auf einem Tisch in seiner Nähe stand. Jimmie sah, dass er einen schicken schwarzen Morgenrock über einem Seidenpyjama trug. Sein Haar war sorgfältig nach hinten gekämmt und hier, um drei Uhr morgens, ließ alles an diesem Burschen auf einen modernen Don Juan schließen.

Jimmie wollte Martin jedoch nicht verhören, bevor er nicht einen offensichtlichen Beweis in der Hand hatte, der seine Schuld belegte. Martin war Börsenmakler an der Wall Street. Er war ein cooler, nervenstarker Typ, der einen Großteil seines jungen Lebens damit verbracht hatte, sinkende Aktienkurse in verfallenden Märkten zu beobachten. Jimmie fand, dass Bob eine Art Pokerface hatte, das meistens undurchdringlich war und in dem man auch dann nur schwer etwas ablesen konnte, wenn er Gefühle zeigte. Jimmie hatte keine Zweifel, dass Vera schon früher Probleme mit ihrem Mann gehabt hatte.

Jimmie schaute zu Nancy. Sie hatte beide Ellbogen auf die Tischkante gestützt und ihr Kinn ruhte in den Handflächen. Ihre Augen, in Wirklichkeit nussbraun, wirkten im Schatten pechschwarz. Auch ihr

Haar, das in der Sonne bronzefarben schimmerte, schien jetzt schwarz zu sein. Ihre Haut war wie Elfenbein. Jimmie fand sie wunderschön, schön und verführerisch, eine Versuchung für jeden Mann.

Jimmie gestattete sich eine kurze Erholungspause. Er wollte den Fall noch einmal ganz durchdenken. Seine verschlungenen Wege waren zwar nicht allzu komplex, aber es gab eine Reihe von rätselhaften Passagen, die ihm noch nicht ganz klar waren. Er wollte sich eigentlich nicht in die Rolle eines Detektivs versetzen, hatte aber das Gefühl, für die Lösung eines Kriminalfalls bestens ausgerüstet zu sein. Er war ein erfahrener Strafverteidiger, ein großer Erforscher der menschlichen Natur und hatte in seiner Freizeit drei Kriminalromane geschrieben, von denen sich jeder eintausendfünfhundert Mal verkauft hatte.

Mrs. Hanley ging von der Terrassentür zurück zum Sofa und ließ sich mit einem kleinen Seufzer darauf nieder.

Jimmie beleuchtete im Geiste von allen Seiten den gegenwärtigen Stand der Ermittlungen und stellte sich folgende Fragen:

War Bob Martin eigentlich schuldig?
Warum hatte Mrs. Foster verraten, dass Bob sie auf den Hals geküsst hatte?
War sie in Sorge, ihr eigener Mann könnte heraus-

finden, dass sie in einer Hängematte gelegen und darauf gewartet hatte, von einem anderen Mann geküsst zu werden?

Warum hatte Nancy geschrien?

Jimmie sagte: „Also, Mrs. Randin …“

„Für Sie Nancy“, erwiderte Mrs. Randin vorwurfsvoll.

„Also, Nancy“, sagte Jimmie, „durch Sie hatte ich vorhin eine Eingebung.“

„Wirklich?“, fragte Nancy.

„Sie sagten, dass es Ihnen nicht so peinlich gewesen wäre, als Sie nur in Strümpfen am Fenster standen, wenn der Mann, der durchs Gebüsch davongerannt ist, ein Bekannter gewesen wäre.“

„Oh ja“, erwiderte Nancy. „Sie werden das verstehen. Ich bin mir natürlich meiner gesellschaftlichen Position bewusst. Die Vorstellung wäre mir unerträglich, dass ein Butler, Gärtner oder Chauffeur sich von mir angezogen fühlen könnte.“

„Gibt es irgendwelche Anhaltspunkte für Sie zu glauben, der Mann im Gebüsch könnte der Butler oder der Gärtner gewesen sein?“

„Nein“, sagte Nancy. „Das war nur so ein Gedanke. Sehen Sie, als ich die Geräusche vor meinen Fenstern hörte, habe ich ganz automatisch reagiert, ohne mir darüber Gedanken zu machen, dass ich nur in Strümpfen war. Ich war wie ein Vogel Strauß, der seinen Kopf versteckt."

„Ihren Kopf", sagte Jimmie.

„Ja, der seinen Kopf in den Sand steckt, wenn er Angst hat. Es ist ein menschlicher Instinkt, eher zu einem Geräusch hinzulaufen, als davor zu fliehen."

„Nachdem der Mann ins Gebüsch gerannt war, was haben Sie da gemacht?", fragte Jimmie.

„Ich bin auch gerannt."

„Sie sind ja wohl nicht ins Gebüsch gerannt", warf Mrs. Hanley sarkastisch ein.

„Oh nein", erwiderte Nancy. „Die Büsche waren ja draußen. Ich bin zu meinem Bett gerannt, habe mir ein Negligé gegriffen und es übergeworfen."

„Das wurde auch Zeit", sagte Mrs. Hanley kalt.

„Was haben Sie dann getan?", fragte Jimmie und warf Mrs. Hanley einen vernichtenden Blick zu.

„Ich habe alle Lichter im Zimmer gelöscht, bin zum Fenster zurückgegangen, habe mich hinter einer Gardine versteckt und den Garten beobachtet."

„Haben Sie im Garten etwas gesehen?"

„Nein, ich habe gar nichts gesehen", gab Nancy zu. „Im Garten ging ein leichter Wind, der durch die Büsche und das Laub der Bäume wehte. Mir war klar, dass ich zu spät zum Abendessen kommen würde, aber ich verspürte den eigenartigen Drang, am Fenster zu stehen und den Garten zu beobachten."

„Wie lange etwa haben Sie den Garten beobachtet?“, fragte Jimmie.

„Ich denke, ungefähr zehn Minuten. Nach einer Weile sah ich einen dunklen Schatten, wahrscheinlich einen Mann, einen Gartenpfad entlanggehen.“

„Sie haben den Mann aber nicht erkannt?“

„Nein“, erwiderte Nancy mit einem schwachen Lächeln. „Es war nur ein Schatten. Ich hatte den Eindruck, dass es gestern Abend sehr früh dunkel geworden war. Etwa zur Abendessenszeit kam ein Sturm auf, und ich denke, dieser Sturm, der sich da zusammenbraute, war die Ursache dafür, dass es so früh dunkel wurde. Durch die Fenster im Erdgeschoss des Hauses drang etwas Licht nach draußen und beleuchtete ein wenig den Garten. Und in diesem schwachen Lichtschein habe ich den Schatten des Mannes gesehen, der über den Gartenpfad lief. Ich dachte natürlich gleich, dass dies derselbe Mann sei, der mich aus dem Gebüsch heraus beobachtet hatte, und strengte mich an, sein Gesicht zu erkennen. Wenn ich meine Sachen angehabt hätte, wäre ich sofort hinunter in den Garten gelaufen, um zu sehen, wer es war. Ich wollte es unbedingt wissen.“

„Lief der Mann zum Haus hin oder vom Haus weg?“, fragte Jimmie.

„Er lief auf das Haus zu“, erwiderte Nancy. „Er lief langsam und rauchte eine Zigarette.“

„Woher wissen Sie, dass es eine Zigarette war?“

„Na ja“, sagte Nancy, „das Ende glimmte für eine Zigarre nicht hell genug.“

„Was geschah dann mit dem Mann?“

„Was meinen Sie mit ‚geschah mit ihm?“

„Ist er verschwunden?“

„Er blieb plötzlich mitten auf dem Weg stehen und schaute zu meinem Fenster hoch.“

„Aber wenn Sie das Gesicht des Mannes in der Dunkelheit nicht erkennen konnten“, sagte Jimmie, „woran konnten Sie dann ausmachen, dass er zu Ihrem Fenster hochschaute?“

Nancy erwiderte mit großer Gewissheit: „Das Ende seiner Zigarette verbreitete kurz ein wenig Licht und ich sah ganz deutlich, dass er zu meinem Fenster hochschaute. Aber ich habe Ihnen noch nicht alles gesagt, Jimmie ...“

„Bitte fahren Sie fort“, sagte Jimmie ernst.

„Während ich hinter dem Vorhang stand und fasziniert auf das Ende seiner Zigarette starrte, muss ein Auto die Auffahrt neben dem Garten entlanggefahren sein. Es gab ein blendend helles Scheinwerferlicht, das durch den Garten und direkt in das Gesicht des Mannes leuchtete. Da habe ich ihn gesehen!“

„Sie haben ihn gesehen?“, fragte Jimmie und beugte sich vor.

„Ja, ich habe ihn gesehen", erwiderte Nancy angespannt.

Atemloses Schweigen legte sich über den Raum, niemand rührte sich.

Jimmie fragte mir gesenkter Stimme: „Wer war der Mann?"

„Der Mann", sagte Nancy, „war Roberts, Mrs. Hanleys Chauffeur."

Mrs. Hanley sprang vom Sofa auf, blass und zitternd. „Wollen Sie damit sagen, dass mein Chauffeur rauchend durch den Garten gelaufen ist und zu Ihren Schlafzimmerfenstern hochgeschaut hat!"

„Der Mann war Ihr Chauffeur, meine Liebe", sagte Nancy eisig. „Sie haben einige der merkwürdigsten Hausangestellten, die mir je begegnet sind."

Mrs. Hanley rang nach Luft: „Ich werde mit Roberts sprechen. Ich werde herausfinden, was er getan hat. Ich verlange eine Erklärung."

Jimmie erhob sich aus seinem Sessel und betrachtete Mrs. Hanley einen Augenblick schweigend. Dann sagte er grimmig: „Mrs. Hanley, dieser Kriminalfall nimmt viele unerwartete Wendungen. Mir scheint, Ihr Butler und Ihr Chauffeur – also, Sie sollten doch wissen, was Ihr Butler und Ihr Chauffeur gestern Abend gemacht haben. Woher wollen Sie sonst wissen, dass Sie nicht ein Frankenstein-Monster in Ihrem Haus beherbergen? Woher wollen Sie außerdem wissen, dass der Mann, der gestern Abend in Mrs. Randins Zimmer eingedrungen ist, sie nicht *ermorden* wollte?“

„Sie ermorden?“, kreischte Mrs. Hanley.

„Ganz genau“, sagte Jimmie. „Die ganze Sache war anfänglich vielleicht ein Witz, jetzt hat sie sich allerdings in eine sehr ernste Angelegenheit verwandelt. Ich verlange, dass Ihr Butler und Ihr Chauffeur in diesen Raum gebracht werden. Ich werde sie verhören und herausfinden, welche Rolle sie in diesem faszinierenden Fall gespielt haben. Rufen Sie Ihren Butler. Rufen Sie Ihren Chauffeur.“

„Die sind doch im Bett“, sagte Mrs. Hanley schwach.

„Dann holen Sie sie aus dem Bett“, befahl Jimmie streng.

Mrs. Hanley stand händeringend da und schrie quer durch den Raum: „Christopher, hör um Gottes willen auf zu schnarchen und geh Phipps und Roberts holen!“

Achtes Kapitel

Christopher fuhr abrupt von dem kleinen Diwan auf, hob den Kopf, riss verschlafen die Augen auf und starrte seiner Frau ins Gesicht. Mrs. Hanley stand über ihn gebeugt da und rüttelte ihn mit einer Hand krampfhaft an der Schulter.

Christopher murmelte: „Was ist denn? Was ist denn los, meine Liebe? Was zum Teufel ..."

Mrs. Hanley rief hysterisch: „Mr. Landon will, dass du Roberts und Phipps aus dem Bett holst!"

Christopher taumelte auf seine Füße, stand ein wenig schwankend da und blinzelte ins Licht. Er schaute Mrs. Hanley mit völlig ausdruckslosem Gesicht an. Dann drehte er seinen Kopf und heftete seine halb geöffneten Augen auf Jimmie. Er starrte ihn an und ein Ausdruck von wildem Ärger breitete sich auf seinem Gesicht aus.

Christopher sagte heiser: „Spielen Sie immer noch Detektiv?"

Mrs. Hanley gab ihm einen Stoß und kreischte: „Wach auf, Christopher!"

Christopher knurrte: „Ich schlafe nicht, aber ich gehe ins Bett."

„Du gehst nicht ins Bett", versicherte ihm Mrs. Hanley. „Du hast die ganze Zeit geschnarcht und überhaupt nichts mitbekommen. Mr. Landon denkt, dass wir vielleicht ein Monster im Haus haben …“

„Wessen Monster?“, fragte Christopher säuerlich.

„Ein Frankenstein-Monster“, sagte Mrs. Hanley mit einem Schaudern, das ihre Perlen ein wenig klappern ließ.

„Mach dich doch nicht lächerlich“, sagte Christopher heiser. „Es gibt kein Monster im Haus.“

„Mr. Landon glaubt, dass Roberts oder Phipps in Nancys Zimmer geschlichen sind, um sie zu ermorden, dann aber Angst gekriegt haben und weggelaufen sind, als sie geschrien hat.“

Christopher stand einen Augenblick da und starrte seine Frau mitleidig an. Plötzlich lachte er, dann richtete er sich gerade auf und ging quer durch den Raum bis zum langen Konsolentisch.

Er beugte sich zu Jimmie und sagte: „Denken Sie, es war der Chauffeur oder der Butler, der in Nancys Zimmer gegangen ist?“

„Ich habe allen Grund anzunehmen, dass einer oder auch beide in das Verbrechen verstrickt sind“, sagte Jimmie ruhig.

Christophers trübe Augen leuchteten auf. Er zog die Kordel um seinen Morgenrock fest und bemerkte: „Wenn das so ist, werde ich die verdammten Schurken feuern. Allein die Vorstellung!“

„Ich würde ihnen nicht vor morgen früh kündigen“, bemerkte Jimmie. „Ich möchte ihnen doch noch einige Fragen stellen.“

„Hol Phipps aus seinem Zimmer, Christopher!“, rief Mrs. Hanley ungeduldig. „Und dann ruf Roberts aus der Küche an.“

„Also gut, meine Liebe“, sagte Christopher erschöpft, „ich werde sie herholen.“

Er drehte sich um und schaute zu Nancy herunter. Sie schaute zu ihm auf und lächelte ihn zaghaft und fragend an.

Christopher sagte: „Wenn ich herausfinde, dass einer dieser Burschen in Ihrem Zimmer war, dann werde ich …“

„Ganz egal, was du tun wirst“, sagte Mrs. Hanley mit einem freudlosen Lachen. „Ich werde schon mit meinen eigenen Dienern fertig, wenn sie schuldig sind.“

Christopher schenkte seiner Frau ein verächtliches Lächeln. Dann ging er mit schlappenden Pantoffeln quer durch den Raum und verschwand durch eine Tür ins Dunkle.

Mrs. Hanley sagte mit einer nervösen Handbewegung: „Schockierend.“

„Mir scheint“, entgegnete Jimmie, „dass Ihre Diener etwas verdorben sind.“

„Ich hatte bisher nie Ärger mit ihnen“, gab Mrs. Hanley zurück. „Und natürlich werden Sie zugeben müssen, Mr. Landon, dass es kein Wunder ist, dass Nancy die Aufmerksamkeit der Männer erregt, wenn sie sich gerne unbekleidet vor erleuchtete Fenster stellt – ganz egal ob Chauffeur oder Gast."

„Ich will Ihnen mal etwas sagen, meine liebe Myra", sagte Nancy mit ärgerlich funkelnden Augen. „Wenn Sie nicht so viele anzügliche Bemerkungen fallen gelassen, wenn Sie nicht so viele Anspielungen gemacht, wenn Sie nicht so hartnäckig darauf bestanden hätten zu erfahren, wer der Mann gewesen ist, hätte ich die ganze Sache auf sich beruhen lassen, und Ihre kindische Sturheit würde Ihnen nicht so auf die Füße fallen."

„Ach, wirklich!", erwiderte Mrs. Hanley eisig. „Glauben Sie ja nicht, dass ich irgendjemanden bitten werde, jetzt aufzugeben. Ich bin sehr viel mehr daran interessiert, den Mann zu finden, als Sie. Immerhin ist es auch mein Haus und Sie beschuldigen meine Diener."

„Ich habe Ihre Diener nicht beschuldigt", wehrte Nancy ab und griff nach einer Zigarette.

„Das haben Sie ganz sicher", sagte Mrs. Hanley entschieden.

„Nein", ging Jimmie mit einem Lächeln dazwischen, „ich glaube nicht, dass Mrs. Randin irgendjemanden beschuldigt hat. Sie hat lediglich ein paar Aussagen gemacht, die für Ihre Diener nicht sehr vorteilhaft sind. Übrigens auch nicht für Mr. Martin, aber Sie können nicht …“

Nancy schaute Jimmie mit einem Stirnrunzeln an. „Ich habe nichts über Mr. Martin gesagt, Jimmie.“

„Ich habe das gesagt“, rief Mrs. Foster.

Jimmie warf einen Blick auf das Blatt Papier auf dem Tisch. Er begriff, dass er in Bezug auf die komplexen Hinweise und Aussagen der Zeugen einen Augenblick lang verwirrt gewesen war.

Er sagte: „Sie haben recht. Nancy hat nichts über Mr. Martin gesagt. Es ist Mrs. Foster, von der diese belastenden Beweise stammen.“

„Ja“, sagte Mrs. Martin mit einem kurzen Lachen, „es war Helen, die allen erzählt hat, dass mein Mann sie auf den Hals geküsst hat.“

„Sehen Sie“, bemerkte Nancy und schaute mit einem unschuldigen Ausdruck in ihren wunderbaren Augen zu Jimmie. „Ich habe nicht Mr. Martin im Gebüsch gesehen, sondern den Chauffeur.“

„Das sehe ich jetzt ziemlich klar vor mir“, erwiderte Jimmie ein wenig schroff. „Wir sind an einem Punkt angelangt, wo die ganze Sache unglaublich unklar geworden ist. Das heißt, in unserem System logischer Schlussfolgerungen haben wir drei Männer, von denen jeder *der* Mann gewesen sein kann. Erstens hat Mrs. Foster Hinweise dafür geliefert, dass Mr. Martin möglicherweise zu ungehörigen Dingen aufgelegt war. Zweitens hat uns Mrs. Randin erzählt, dass der Chauffeur einen der Gartenpfade entlanglief, stehen blieb und zu ihrem Fenster hinaufstarrte. Drittens teilte uns Mrs. Hanley mit, dass der Butler etwa um Mitternacht nirgendwo zu finden war. Es kann natürlich auch ein erstaunlicher Zufall sein, dass gleich drei Männer ungewöhnliche Dinge taten, nämlich: eine Frau auf den Hals küssen, im Garten stehen und nicht auf das Läuten reagieren. Was anfänglich wie ein ziemlich dummer, wenn auch pikanter Vorfall aussah, hat sich in der Zwischenzeit zu einem größeren und sehr viel rätselhafteren Problem ausgewachsen. Wäre Mrs. Hanley bereit gewesen, über die wahrscheinliche Anwesenheit eines fremden Mannes in Nancys Zimmer hinwegzusehen, wären die anderen mysteriösen Vorkommnisse gar nicht ans Licht gekommen. So werden Morde begangen. Niemand weiß jemals wirklich, was der andere gerade macht. Wir können also mit Sicherheit annehmen, dass Mrs. Martin niemals erfahren hätte, dass ihr Mann Mrs. Foster auf den Hals geküsst hat. Mrs. Hanley hätte nie erfahren, dass ihr Chauffeur ein Spanner ist, und ich hätte mit Sicherheit nie erfahren, dass Nancy so die Männer anzieht."

„Ich habe die Männer immer magisch angezogen", sagte Nancy und nahm einen langen Zug von ihrer Zigarette.

„Sie sind mit Sicherheit sehr anziehend“, fügte Mrs. Hanley vielsagend hinzu.

„Haben Sie anzüglich gesagt?“, brauste Nancy auf.

„Ich sagte anziehend“, erwiderte Mrs. Hanley mit einem frostigen Lächeln.

„Ich verstehe wirklich nicht“, ging Vera Martin dazwischen, „warum Nancy Ziel aller Verdächtigungen ist.“

„Danke“, sagte Nancy liebenswürdig. „Es macht mir nichts aus. Ich bin schon immer Zielscheibe gewesen, und Myra schießt einfach gern auf mich.“

Mrs. Hanley erwiderte scharf: „Das ist nicht wahr, Nancy.“

Nancy warf ihrer Gastgeberin einen frostigen Blick zu. „Tatsache ist aber, meine liebe Myra, dass Sie immer ein wenig kratzbürstig zu mir gewesen sind. Verschiedene Leute haben mir hinterbracht, dass Sie ihnen gegenüber gesagt hätten, was für ein schrecklich sexy aussehendes Mädchen ich sei. Nehmen Sie bitte zur Kenntnis, dass ich dafür nichts kann. Das ist Natur, einfach Natur, meine Liebe.“

„Sie tun alles in Ihren Kräften Stehende, um Ihre sexuellen Reize herauszustellen“, konterte Mrs. Hanley mit einem bitteren Lächeln.

„Aber meine Lieben“, sagte Jimmie vorwurfsvoll, „das tut doch alles nichts zur Sache.“

„Natürlich nicht“, stimmte Nancy ihm zu. „Aber ich denke, jeder hier wird zugeben, dass ich diese Untersuchung nicht erzwungen habe. Ich habe Myra erklärt, dass mich etwas erschreckt hat, dass ich geschrien habe und dass Sie, Bob und Arthur in mein Zimmer gerannt kamen, um mich zu beschützen. Aber Myra hat das nicht gereicht. Sie ist eine dieser Frauen, die in der Öffentlichkeit die biologische Existenz von Sex verleugnen, mich dann aber in ihren Gedanken mit unsittlichen Unterstellungen überziehen. In der heutigen Kultur entwickelt sich Sex rasend schnell zu einem schlimmen Aberglauben, was zu einem nicht unerheblichen Maß an Boshaftigkeit führt. Viel zu viel Zeit und Energie wird von manchen Menschen darauf verschwendet, über Sex nachzudenken. Myra übertreibt einfach die Bedeutung von Sex, indem sie als Moralistin darauf verweist …“

„Ich weiß nicht, wovon Sie reden!“, brach es aus Myra heraus.

„Ach, ich weiß auch nicht“, sagte Nancy mit einem kleinen Seufzer. „Ich bin einfach ein bisschen hysterisch.“

„Während wir darauf warten, dass Christopher mit den Dienern zurückkehrt, werde ich Ihnen noch einige Fragen stellen, Nancy“, sagte Jimmie.

„Ja, bitte“, flehte Nancy, „ich bin schrecklich nervös.“

„Ein Lichtkegel streifte das Gesicht des Mannes“, sagte Jimmie, „und Sie haben in ihm Mrs. Hanleys Chauffeur erkannt.“

„Ja.“

„Nachdem das Licht sein Gesicht gestreift hatte, was hat er dann getan?“

„Ich konnte ihn in der Dunkelheit kaum ausmachen“, sagte Nancy. „Plötzlich blitzte es, der Donner grollte und es begann zu regnen. Mir schien, dass Roberts sich umdrehte und durchs Gebüsch rannte. Ich weiß, dass er verschwand.“

„Sind Sie dann vom Fenster zurückgetreten?“

„Ich habe die Fenster geschlossen, denn der Wind trieb Regen herein. Dann zog ich die Vorhänge zu und machte wieder Licht im Zimmer. Ich setzte mich an meinen Frisiertisch, um mich zu schminken. Ich dachte, es müsse schon fast Zeit fürs Abendessen sein und dass ich mich beeilen müsse. Ich komme nicht gern zu spät zum Abendessen, wenn ich übers Wochenende zu Gast bin. Besonders nicht in Myras Haus, denn bei ihr ist immer alles so durchgeplant.“

„Kritisieren Sie mich schon wieder?“, fragte Mrs. Hanley scharf.

„Oh nein“, erwiderte Nancy.

„Ist irgendetwas Ungewöhnliches passiert, nachdem Sie das Fenster verlassen hatten?“, fragte Jimmie.

„Ich glaube nicht“, antwortete Nancy.

„Dann sind Sie natürlich zum Abendessen gegangen.“

„Ja. Es war auch ein sehr gutes Essen, obwohl ich später am Abend etwas Magenbeschwerden hatte.“

„Während des Essens geschah nichts Ungewöhnliches?“

„Nein, überhaupt nichts“, sagte Nancy.

„Und nach dem Abendessen?“, fragte Jimmie.

„Nach dem Abendessen, und zwar direkt nach dem Essen, ging Mrs. Hanley in die Bibliothek ans Telefon.“

Jimmie schaute zu Mrs. Hanley und fragte: „Erinnern Sie sich daran?“

„Ja“, gab Mrs. Hanley zu und errötete ohne erkennbaren Grund. Sie schien ganz offensichtlich ein wenig verstört.

Jimmie schaute Mrs. Hanley mit festem Blick an. Ihre Augen zuckten leicht und Jimmie spürte, dass die Erwähnung des Telefonats eine emotionale Reaktion in der Gastgeberin ausgelöst hatte, die nur von einem schlechten Gewissen herrühren konnte.

Jimmie beugte sich vor und sagte zu Nancy: „Bitte verlassen Sie den Zeugenstand für einige Minuten.“

Nancy sagte: „Danke, aber ich habe noch mehr zu sagen.“

„Da bin ich sicher“, erwiderte Jimmie. „Ich bin sicher, dass alle noch mehr zu erzählen haben. Es ist wirklich ganz erstaunlich. Aus einem trivialen Schlafzimmer-Vorfall habe ich genügend Indizien, Nebenhandlungen, Verdachtsmomente, Andeutungen und Möglichkeiten herausgeholt, um ein Dutzend Romane zu schreiben.“

Bob Martin hob den Kopf und schaute zu Jimmie. Sein Gesicht sah mitgenommen aus, seine Stimme war belegt. „Mir scheint, dass ist es genau, was Sie tun, Sie schreiben einen Roman oder Sie sind ein verdammter Narr.“

„Jeder, der einen Roman schreibt, ist ein verdammter Narr“, sagte Jimmie mit einem matten Lächeln.

Nancy ging vom Tisch weg.

Jimmie sagte zu Mrs. Hanley: „Bitte begeben Sie sich in den Zeugenstand.“

Mrs. Hanley erhob sich, stand da und starrte Jimmie mit dunkelrotem Gesicht an. Sie schien ein wenig fassungslos, beunruhigt, fast verzweifelt.

Sie sagte: „Wo ist Christopher?“

„Bitte nehmen Sie Platz“, sagt Jimmie unerbittlich.

Mrs. Hanley ließ sich mit einem sehr besorgten Ausdruck in dem Sessel nieder.

Jimmie fragte sie: „Direkt nach dem Abendessen wurden Sie in die Bibliothek ans Telefon gerufen?“

Mrs. Hanley murmelte schwach: „Ja.“

„Und Sie sind ans Telefon gegangen?“

„Ja.“

„Hatten Sie einen Anruf erwartet?“

Mrs. Hanley zögerte.

Jimmie beharrte: „Bitte beantworten Sie die Frage.“

„Was war die Frage, Mr. Landon?“

„Haben Sie diesen speziellen Anruf erwartet?“

„Warum? Ja – gewissermaßen – ich denke schon.“

„Hat ein Mann oder eine Frau angerufen?“

„Ich verstehe nicht, was das zu tun hat mit dieser …“

„War es ein Mann oder eine Frau, Mrs. Hanley?“

„Warum? Es war ein …“

„Es war ein Mann“, rief Nancy vom Sofa. Sie lag ausgestreckt da, mit einigen Kissen unter dem Kopf. „Ich bin in die Bibliothek gegangen, um nach einem Buch zu suchen. Ich hörte, wie Myra ihn *Ted* nannte.“

Jimmie heftete seinen Blick fest auf Mrs. Hanley. Alle Farbe war aus ihrem Gesicht gewichen. Sie war schrecklich blass. Jimmie konnte fast ihr rasendes Herzklopfen hören.

„Dann war es ein Mann“, sagte Jimmie.

Mrs. Hanley stieß mit erstickter Stimme hervor: „Warum? Ja – ein Freund."

„Ted?", setzte Jimmie nach.

„Ja."

„Ted, und wie weiter?"

Mrs. Hanley rief: „Was hat Ted Byron mit dem zu tun, was Sie hier herausfinden wollen!"

Jimmie sagte mit einem Lächeln: „Der Name des Mannes ist Ted Byron."

Mrs. Hanley sah plötzlich angegriffen aus. Sie saß da und starrte Jimmie ungläubig und erstaunt an.

Nancy setzte sich auf und rief mit leichter Überraschung in der Stimme: „Aber Myra, ich habe dich letzte Woche mit Ted Byron im *Pierre's* zum Mittagessen gesehen."

Mrs. Hanley saß verblüfft da und schwieg peinlich berührt.

„Mrs. Hanley", sagte Jimmie ruhig, „nachdem Sie mit Mr. Byron gesprochen hatten, sind Sie dann ins Esszimmer zurückgekehrt?"

„Ja", sagte Mrs. Hanley nervös.

„Hatten Sie erwartet, dass Mr. Byron hierherkommen würde, um das Wochenende mit Ihnen und Ihren anderen Gästen zu verbringen?"

„Nein, ich – habe ich nicht."

„Dann können wir also sicher davon ausgehen, dass er nichts mit diesem Fall zu tun hat?"

Jimmie lächelte ironisch und verfiel in Schweigen.

Mrs. Hanley schien sehr erleichtert, als ihr Mann hereinkam.

„Christopher“, sagte Jimmie, „haben Sie je von einem Mann namens Ted Byron gehört?“

Christopher schnaubte: „Nie. Was ist mit ihm?“

„Nichts“, sagte Jimmie ernst. Er schaute zu Mrs. Hanley. Sie machte den Eindruck einer Frau, die gleich ohnmächtig aus ihrem Sessel kippen würde. Eine Hand hatte ihre Perlenkette ergriffen, die andere hielt krampfhaft die Tischkante fest. In ihren Augen spiegelte sich blankes Entsetzen.

Sie fragte mit zitternder Stimme: „Hast du Roberts und Phipps geholt?“

„Ja“, erwiderte Christopher kehlig. „Roberts kommt, sobald er angezogen ist. Der verdammte Butler ebenfalls. Er war nicht in seinem Zimmer.“

„Wo war er denn?“, fragte Mrs. Hanley kaum hörbar.

„Ganz egal“, sagte Christopher mit einem sarkastischen Lächeln. „Er schlafwandelt, aber ich weiß, wohin er wandelt.“

„Meine Güte“, sagte Nancy, „was für einen unberechenbaren Butler Sie haben, so zwischen all den schlafenden Frauen.“

Christopher murmelte in sich hinein: „Quatsch“, und lehnte sich schwer gegen den Tisch.

Jimmie bemerkte plötzlich, dass an der Kordel von Christophers Morgenrock eine Quaste fehlte. Christopher begann im Alter unordentlich zu werden.

Neuntes Kapitel

Der Butler war ein großer, attraktiver Mann mit blondem Haar. Obwohl seine Augen sehr müde ins Licht des Raumes blinzelten, sah Jimmie, dass sie blau waren. Phipps war in vollständiger Uniform und mit sorgfältig gebürstetem Haar erschienen.

Etwas zögerlich und verwirrt betrat er den Raum.

Christopher sagte: „Kommen Sie bitte herein, Phipps."

„Ja, Sir", erwiderte Phipps ruhig.

Jimmie schaute zu Mrs. Hanley und sagte: „Bitte verlassen Sie den Zeugenstand."

Nachdem Mrs. Hanley unverzüglich ans andere Ende des Raumes zu einem Sessel gehastet war, schaute Jimmie zu Phipps und sagte: „Setzen Sie sich in diesen Sessel, Phipps."

Der Butler blickte Jimmie verdutzt an und ging zu dem Sessel. Es war Jimmie sofort klar, dass Phipps ein Mann von großartiger Haltung war, einer der besten Butler, ohne Zweifel. Er musste so um die vierzig sein. Jimmie fand, dass er eher wie ein Filmschauspieler aussah als wie ein Butler. Seine Kleidung saß perfekt und er hatte eine ungemein lässig-elegante Ausstrahlung.

Der Butler ließ sich mit einem halben Lächeln in den Sessel fallen und schaute erst zu Christopher, dann zu Jimmie. Jimmie fand, dass der Bursche etwas ziemlich Unwiderstehliches an sich hatte.

Während einer kurzen, schweigsamen Pause saß Phipps ganz still in seinem Sessel, aufrecht und würdevoll in der Gegenwart des Hausherrn, der Hausherrin und der Gäste. Offensichtlich schien ihn nichts zu beunruhigen. Obwohl er ein wenig überrascht wirkte, machte er nicht den Eindruck, dass ihm etwas unbehaglich war.

Jimmie sah ihn mit einem ironischen Lächeln forschend an. Phipps hielt vielleicht die Lösung des Rätsels in Händen.

Christopher stand noch immer am Ende des Tisches und betrachtete seinen Butler nachdenklich.

Als wäre es eine Erklärung, sagte Christopher: „Mr. Landon möchte Ihnen einige Fragen stellen."

„Ja, Sir", erwiderte der Butler mit einer wohlklingenden Stimme, die nicht die geringste Spur von Nervosität enthielt.

Jimmie lehnte sich in seinem Sessel zurück und klopfte mit einem Bleistift auf den Tisch. Er fragte: „Wie ist Ihr vollständiger Name?"

„Phipps, Sir, Gregory Phipps."

„Gregory Phipps."

„Ja, Sir."

„Wie lange arbeiten Sie schon in diesem Haus als Butler, Phipps?"

„Er ist seit fast einem Jahr hier“, warf Mrs. Hanley mit einem unruhigen Ton in der Stimme ein.

Jimmie warf Mrs. Hanley einen strengen Blick zu und sagte: „Bitte lassen Sie Ihren Butler die Fragen selbst beantworten, Mrs. Hanley.“

„Ja, Sir“, sagte Phipps ruhig. „Ich bin seit fast einem Jahr hier.“

„So, Phipps“, sagte Jimmie, „lassen Sie mich das Ganze kurz erklären, damit es Sie nicht komplett überraschend trifft. Ich führe hier heute Morgen eine Untersuchung durch, die Untersuchung eines rätselhaften Vorfalls, der sich gestern Abend oder in den ganz frühen Morgenstunden, also gegen oder kurz nach Mitternacht ereignet hat.“

„Ja, Sir“, sagte Phipps.

„Ich möchte, dass Sie verstehen“, fuhr Jimmie freundlich fort, „dass alles, was Sie sagen, gegen Sie verwendet werden kann.“

„Verstehe, Sir“, erwiderte Phipps mit einem unmerklichen Lächeln, das sein ganzes Gesicht erstrahlen ließ. „Sie wollen damit sagen, Sir, dass das hier so etwas wie eine polizeiliche Untersuchung wird.“

„Auf eine Art schon“, sagte Jimmie, erstaunt über die hohe Intelligenz des Burschen. „Ich bin zwar kein Detektiv, sondern Anwalt, aber wenn es um das Stellen von Fragen geht, sind die beiden Berufe sehr ähnlich.“

„Ja, Sir“, sagte Phipps. „Ich habe auch viele Fragen gestellt zu meiner Zeit.“

„Wie das?“, fragte Jimmie mit hochgezogenen Augenbrauen.

„Nun, Sir“, teilte Phipps ihm mit, „ich war früher Detektiv.“

„Ein Detektiv!“, rief Mrs. Hanley in die plötzliche Stille des Raumes. „Wollen Sie damit sagen, Phipps, dass Sie Detektiv waren, bevor Sie Butler geworden sind?“

Phipps drehte sich langsam in seinem Sessel, schaute zu Mrs. Hanley und neigte seinen Kopf ein wenig. „Ja, Madam, als ich dreißig war, gehörte ich zum achtundsechzigsten Straßenpolizei-Revier von New York.“

„Mein Gott!“, sagte Christopher und riss an der Kordel seines Pyjamas. „Wir hatten die ganze Zeit einen Detektiv im Haus.“

Mrs. Hanley kreischte: „Christopher, schließe deinen Morgenrock richtig und höre auf, an deinem Pyjama herumzufummeln!“

Jimmie beugte sich vor und schaute Phipps lächelnd an.

„Und warum haben Sie den Beruf des Detektivs aufgegeben, Phipps?“

„Nun ja, Sir“, sagte Phipps mit seiner wohlklingenden Stimme, „ich fand die Arbeit anstrengend und nicht so gut mit meinem Temperament vereinbar. Als ich vor einigen Jahren an einem Mordfall arbeitete, begegnete ich in einem Appartement in der Park Avenue einem Butler, durch den mir die Idee kam, Diener zu werden. Ich habe nicht sehr viel verdient und die Politik hat in unserer Abteilung immer wieder mitgemischt. Also machte ich einen Butler-Kurs und bin seit sieben Jahren dabei, mit sehr guten Referenzen, Sir."

„Das freut mich", sagte Jimmie. „In diesem Falle können Sie mir sicher behilflich sein."

„Wurde jemand ermordet, Sir?"

„Noch nicht", sagte Jimmie ernst. „Es handelt sich schlicht und einfach um einen sexuellen Zwischenfall, sozusagen. Das heißt, Mrs. Randin wurde kurz nach Mitternacht durch die Anwesenheit eines fremden Mannes in ihrem Zimmer geweckt."

Phipps drehte sich langsam in seinem Sessel um und schaute entschuldigend zu Nancy. Dann blickte er zu Jimmie und sagte: „Ja, Sir."

„Natürlich hat Mrs. Randin geschrien", fuhr Jimmie fort. „Und ihr Schreien rief andere Männer zu ihrem Zimmer, Mr. Martin, Mr. Foster und mich selbst. Dann betrat Mrs. Hanley das Zimmer und fand drei Männer und Mrs. Randin darin vor, die verschreckt und relativ unbekleidet in ihrem Bett saß. Mrs. Hanley hatte den Eindruck, dass sie in etwas hineingeplatzt war, das man als heikle Situation bezeichnen könnte – das heißt, sie hegte den Verdacht, dass Mrs. Randin, der Mode der französischen Farce folgend, kein braves Mädchen gewesen war."

„Ja, Sir", sagte Phipps mit einem leichten Glitzern in den Augen.

„Unter normalen Umständen", fuhr Jimmie ernst fort, „hätte man die Sache auf sich beruhen lassen. Aber Mrs. Hanley hatte das Gefühl, dass die Sittlichkeit ihrer Logiergäste etwas sei, das man untersuchen, befragen und kritisch überprüfen müsse. Schließlich ist es ihr Haus, und die sittliche Verbesserung der Nation muss vor der eigenen Haustür beginnen. Im Verlaufe meiner Untersuchung, Phipps, habe ich viele erstaunliche Tatsachen zutage gefördert. Selbstverständlich steht jeder Mann im Haus unter Verdacht, bis der Fall gelöst ist."

„Ja, Sir", erwiderte Phipps, „ich bin auch immer nach dieser Methode vorgegangen. Ich fand es sinnvoll, hypothetische Fragen zu stellen und dann zu versuchen, diese zu beantworten, Sir."

„Ganz genau", sagte Jimmie. „Also, Phipps, hat Mrs. Hanley uns erzählt, dass sie gestern Abend so gegen halb zwölf nach Ihnen geläutet hat und Sie nicht erschienen sind."

„Wenn Sie entschuldigen, Sir, aber ich habe nach zehn Uhr kein Läuten mehr gehört."

„Ich habe gegen halb zwölf immer und immer wieder nach Ihnen geläutet!“, rief Mrs. Hanley.

„Warum haben Sie nicht auf das Läuten reagiert?“, fragte Christopher aggressiv. „Dafür bezahle ich Sie, dass Sie beim Läuten erscheinen und der Butler sind.“

„Also, einen Moment mal“, sagte Jimmie scharf. „Ich befrage hier Phipps und ich möchte, dass Sie, Christopher, und Sie, Mrs. Hanley, ruhig sind. Sie müssen nur meine Fragen beantworten, Phipps.“

„Ja, Sir“, sagte der Butler mit dem Gesichtsausdruck einer Sphinx.

„Sie sagten, dass Sie nach zehn Uhr kein Läuten mehr gehört haben?“

„Soweit ich mich erinnere, Sir, hat mir Mrs. Hanley so gegen halb zehn mitgeteilt, nachdem ich noch einige Getränke hier in dieses Zimmer und auf einen Tisch im Garten gebracht hatte, dass sie mich nicht mehr brauche.“

„Dann sind Sie in Ihr Zimmer gegangen?“, fragte Jimmie.

„Etwa um Viertel vor zehn bin ich in mein Zimmer gegangen.“

„Sind Sie dort geblieben, bis Sie ins Bett gingen?“

„Nein, Sir.“

„Wohin sind Sie denn gegangen?“

Phipps antwortete ruhig: „Ich bin in Lindas Zimmer gegangen.“

„Hab ich's nicht gesagt!", schrie Christopher. „Hab ich nicht gesagt, dass er mit dem zweiten Hausmädchen schläft?"

„Christopher!", stieß Mrs. Hanley entsetzt hervor.

„Haben Sie dann", fuhr Jimmie fort, „genau das getan, was Mr. Hanley gerade angedeutet hat?"

„Ja, Sir", sagte Phipps mit fester Stimme, „Linda ist meine Ehefrau."

„Gütiger Gott!", schnaubte Christopher.

„Phipps!", rief Mrs. Hanley. „Sie haben mir gesagt, Sie wären ledig."

„War ich auch, als ich herkam", erwiderte Phipps ungerührt. „Linda und ich haben vor zwei Wochen geheiratet und es bisher geheim gehalten."

Christopher knurrte: „Es scheint mir eine gute Sache zu sein, dass wir die Geheimnisse dieses Hauses mal lüften."

„Sie würden überrascht sein", sagte Jimmie.

„Worüber?", fuhr Christopher auf.

„Ich persönlich", sagte Jimmie, „halte es für einen großen Fehler, wenn eine Gastgeberin eine Untersuchung verlangt über irgendetwas, das am Wochenende passiert ist."

„Myra ist prüde", grunzte Christopher. „Sie ist so erzogen worden. Ihre Mutter hat mir mal erzählt ..."

„Sei doch still, Christopher“, kreischte Mrs. Hanley.

„Schon gut, meine Liebe“, erwiderte Christopher mit einem Lächeln. „Aber Jimmie hat recht – wie man in den Wald hineinruft, so schallt es heraus.“

„Nun, Phipps“, fuhr Jimmie fort, „als Sie ins Zimmer Ihrer Frau gingen, sind Sie da ins Bett gegangen?“

„Nein, Sir“, antwortete Phipps, „bin ich nicht.“

„Mrs. Hanley hat ausgesagt, dass sie, nachdem Sie auf mehrfaches Läuten nicht reagiert haben, zu Ihrem Zimmer gegangen ist und an die Tür geklopft hat.“

„Ich möchte das nicht in Frage stellen, Sir“, sagte Phipps. „Aber wenn Mrs. Hanley an meine Tür geklopft hätte, dann hätte ich das gehört und wäre aus dem Zimmer meiner Frau gekommen, um Mrs. Hanley zu Diensten zu sein.“

„Ich habe an Ihre Tür geklopft“, beharrte Mrs. Hanley.

„Ich möchte Ihnen nicht widersprechen, Madam. Aber ich bin hier im Zeugenstand und ich muss die Wahrheit so sagen, wie ich sie sehe.“

„Absolut“, sagte Jimmie. „Ich habe den Eindruck, Sie werden einer meiner besten Zeugen sein. Als früherer Detektiv haben Sie ein genaues Gedächtnis und ein fotografisches Auge.“

Der Gesichtsausdruck des Butlers blieb nüchtern. Seine Augen blickten plötzlich düster drein, so als wäre ihm gerade ein schmerzlicher Gedanke durch den Kopf gegangen. Jimmie saß da und schaute ihn grübelnd an. Die Stille im Raum wurde bedrückend.

Christopher ging mit seinen schlappenden Pantoffeln quer durch den Raum und ließ sich in einen Sessel fallen. Er schien hellwach und gab sich den Anschein eines Mannes, der an einem Geschehen sehr interessiert war, das ihn nur kurze Zeit zuvor eingeschläfert hatte.

Jimmie fragte sich, was in Phipps' Kopf vor sich ging. Er hatte keinen Zweifel, dass der Butler ein kluger Bursche war und dass er über alles Bescheid wusste, was im Hause vor sich ging. Er war jemand, der verborgene Geheimnisse zutage fördern konnte, ohne aufdringlich zu wirken. Und als ehemaliger Detektiv hatte er eine natürliche Neigung, den Dingen auf den Grund zu gehen. Wie viel wusste er von den Vorgängen in Nancys Zimmer? Und wie viel wusste er von Myra Hanleys Angelegenheiten?

Jimmie schaute zu Mrs. Hanley. Sie saß etwas steif in ihrem Sessel und sah nicht gerade entspannt aus. Jimmie bemerkte, dass sie auf ihre Art eine ziemlich attraktive Frau war. Über vierzig, mit Sicherheit, mit den offensichtlichen Unvollkommenheiten schwindender Jugend. Jimmie hatte Mrs. Hanley nie wirklich gemocht. Sie schien ihm eine geheimniskrämerische Frau zu sein, auf die sich ihre Freunde nicht immer verlassen konnten, und vor allem, wie eine Frau es ausdrücken würde, war sie überaus gehässig. Wenn er nicht so grundsätzlich an Nancy interessiert gewesen wäre, hätte er sich mit Sicherheit niemals auf diese absurde Untersuchung eingelassen, die auch etwas Lächerliches an sich hatte. Aber er glaubte, dass Mrs. Hanley absichtlich geplant hatte, Nancy einen Skandal anzuhängen. Daher war es seine Schuldigkeit, dieses liebenswürdige und charmante Mädchen reinzuwaschen, dieses Mädchen, in das er sich verliebt hatte, dieses Mädchen, mit seinem unglaublichen und hintergründigen Sinn für Humor.

„Fahren Sie mit dieser Angelegenheit fort, Jimmie", knurrte Christopher. „Es ist eine verdammt gute Sache, dass ich einen Anwalt in meinem Haus habe. Dieser Ort war ja voller Geheimnisse."

„Jedes Haus ist voller Geheimnisse", sagte Jimmie mit einem Lächeln. „Ich kann in jedes beliebige Haus oder zu irgendeiner Gruppe von Menschen gehen und anfangen, ihnen Fragen zu stellen. Und wenn sie mir wirklich antworten, verheddern sie sich in einem wunderbaren Durcheinander. Nicht wahr, Phipps?"

„Ja, Sir", antwortete der Butler mit einem leichten Nicken seines attraktiven, blonden Kopfes. „Ich erinnere mich an einen Fall in New York, an dem ich mal gearbeitet habe und bei dem es um den Raub einiger Juwelen ging. Ich habe die beiden Diener in dem Appartement verhört, die Frau und den Mann, und als ich mit allen fertig war, wären Sie erstaunt gewesen über die Zahl von Dingen, die die Eheleute übereinander herausgefunden hatten, Dinge, die sie in zehn Jahren Ehe nicht voneinander gewusst hatten, Sir."

Jimmie lächelte und sagte: „Lassen Sie uns weitermachen. Sie haben Mrs. Hanley nicht an Ihre Tür klopfen hören?"

„Nein, Sir. Ich war vollständig bekleidet und habe mit Linda Karten gespielt. Die Tür meiner Frau stand sogar ein wenig offen und mein eigenes Zimmer liegt nur ein Stück weiter den Flur entlang."

„Um wie viel Uhr sind Sie ins Bett gegangen?"

„Ich bin so gegen halb zwei ins Bett gegangen, Sir. Ich habe mit Linda ungefähr bis Mitternacht Karten gespielt, dann hat sie sich zurückgezogen. Es war eine schwülwarme Nacht, wie Sie sich erinnern werden, Sir. Und der Regen, der etwas früher am Abend gefallen war, hatte keine wirkliche Abkühlung gebracht. Ich sagte Linda, dass ich hinüber zur Garage gehen würde, um zu rauchen und vielleicht noch ein wenig mit Roberts zu plaudern."

„Haben Sie das gemacht?"

„Ja, Sir. Soweit ich mich erinnere, war es fünf

Minuten vor zwölf, als ich durch die Küche und dann durch die Tür zur Auffahrt Richtung Garage ging. Beim Durchqueren des Gartens hörte ich Stimmen und das Lachen einer Frau."

Jimmie beugte sich vor. „Haben Sie die Stimme der Frau erkannt?"

„Ja, Sir."

„Und wer war die Frau?"

„Es war Mrs. Hanley, Sir."

Nach einem Augenblick angespannten Schweigens rief Mrs. Hanley wütend: „Ich war um Mitternacht nicht im Garten, sondern in meinem Zimmer."

„Wir werden herausfinden, wo jeder Einzelne war, bevor wir hier fertig sind", sagte Christopher wild entschlossen.

Jimmie fragte: „Sie sind sich sicher, dass es Mrs. Hanley war?"

„Auf jeden Fall, Sir."

„Fahren Sie fort, Phipps!", rief Christopher laut quer durch den Raum. „Wir werden diesem ganzen Unfug auf den Grund gehen, der in Nancys Zimmer angefangen hat. Vielleicht bleiben dann einige dieser Leute demnächst lieber im Bett, als ihre Nasen in fremde Angelegenheiten zu stecken."

„Sie haben Mrs. Hanley aber nicht gesehen?", fragte Jimmie.

„Nein, Sir."

„Sie sagten, dass Sie Stimmen gehört haben, als Sie durch den Garten gingen."

„Ja, Sir."

„Was für eine andere Stimme haben Sie denn noch gehört, Phipps?"

„Ich haben die Stimme eines Mannes gehört, Sir."

Christopher erhob sich halb aus seinem Sessel und sein Gesicht lief dunkelrot an. Er schaute zu Mrs. Hanley. Diese saß wie versteinert in ihrem Sessel und starrte mit einem zornigen Flackern in den Augen auf den Hinterkopf ihres Butlers. Alle Farbe war aus ihrem Gesicht gewichen.

Jimmie sagte: „Mr. Martin, bitte sagen Sie etwas. Phipps, bitte achten Sie auf die Stimmen …"

„Was soll ich denn sagen?", fragte Martin.

„Jetzt Sie, Mr. Foster, sagen Sie etwas."

Foster sagte: „Okay."

„Jetzt Christopher."

„Ich war nicht im Garten", platzte Christopher heraus.

„War es eine der eben gehörten Stimmen, Phipps?"

„Nein, Sir."

„Auch nicht meine Stimme?"

„Nein, Sir."

„War es eine Stimme, die Sie schon mal gehört haben?"

„Ja, Sir."

„Wo?“

„Am Telefon, Sir.“

„Wann?“

„Schon mehrmals, Sir.“

Jimmie öffnete die Zigarettenkiste, nahm sich eine Handvoll Zigaretten und legte sie auf den Tisch. Er saß einen Moment still da und rollte eine der Zigaretten über einem Blatt Papier hin und her.

Dann hob er die Augen und blickte zu Mrs. Hanley. Sie war kreidebleich.

Er schaute zu Nancy. Sie zog sich unauffällig ihr Negligé über die Beine und hatte ein ironisches Lächeln in den Augen.

Jimmies Blick wanderte zu Christopher. Der starrte seine Frau mit einem wutentbrannten Ausdruck auf seinem runden Gesicht an.

Jimmie rollte eine Zigarette zu Phipps herüber und sagte: „Wir machen eine kurze Pause. Rauchen Sie eine Zigarette, Phipps – Sie sind jetzt kein Butler – Sie sind ein gleichgestellter Zeuge in einem immer rätselhafteren Kriminalfall.“

„Danke, Sir“, sagte Phipps, „aber ich rauche nie kurz vor dem Frühstück.“

Zehntes Kapitel

Jimmie strich sein Haar zurück. Dann saß er schweigend da und tippte sich mit einem Finger an die Stirn. Er schaute verstohlen zu Mrs. Hanley. Sie schaute ihn mit einem wild vorwurfsvollen Blick an, so als hielte sie ihn jetzt für einen ihrer Erzfeinde. Jimmie hatte keinerlei Mitleid mit ihr. Schließlich war es allein ihre Schuld, dass in dieser Untersuchung in den Geheimnissen der Leute herumgestochert wurde. Als Anwalt und Autor von Kriminalgeschichten konnte er keinen einzigen Sachverhalt außer Acht lassen. Er hatte sehr viel Erfahrung im Gericht gesammelt und wusste aus langjähriger Praxis, dass Menschen sich durch kleine Lügen unausweichlich in die Klemme brachten.

Es schien ihm ein wenig absurd, dass Mrs. Hanley absichtlich gelogen hatte, als sie behauptete, an die Tür des Butlers geklopft zu haben. Wahrscheinlich hatte sie ihr schlechtes Gewissen geplagt und sie hatte versucht, sich ein Alibi zu verschaffen, das ihren Seelenfrieden wiederherstellte.

Er schaute zu Christopher. Christopher saß vorgebeugt in seinem Sessel, den Blick fest auf das Gesicht seiner Frau geheftet. Jimmie ahnte, dass Christopher innerlich sehr verbittert war.

Christopher war mit seiner Geduld am Ende, erhob sich aus dem Sessel, vergrub die Hände tief in den Taschen seines Morgenrocks und begann, aufgeregt und wütend im Raum auf und ab zu laufen. Er war zweifellos damit beschäftigt, ein aufkeimendes Gefühl zu unterdrücken, das Bedürfnis zu fluchen.

Jimmie schaute zu Nancy, die ihm unauffällig zulächelte. Sie wollte ganz offensichtlich nicht triumphierend wirken. Nancy hatte nichts Boshaftes an sich. Sie war ein Mädchen, das dem toleranten Grundsatz folgte, jeder Frau ihre eigenen Torheiten zuzugestehen, ohne sie dafür zu kritisieren. Sie musste bemerkt haben, dass Mrs. Hanley plötzlich in eine peinliche Lage geraten war. Dennoch war Nancy nicht der Typ Mädchen, die dann hämisch lachen und sagen würden: „Wer von euch ohne Sünde ist …"

Jimmie ließ seinen Blick auf dem fast undurchdringlichen Gesicht von Phipps ruhen. Noch einmal war er überrascht von der außergewöhnlichen Attraktivität dieses Burschen. Er strahlte wirklich ruhige Vornehmheit aus. Schwer vorstellbar, dass er jemals Detektiv gewesen war. Während Jimmie über den Fall nachdachte, den er zu lösen hatte, plante er gleichzeitig einen neuen Kriminalroman mit einem Butler als Spürhund. In jeder Detektivgeschichte gab es einen Butler, aber noch nie war der Butler selbst der Detektiv gewesen.

Christopher blieb stehen und legte eine Hand auf die Lehne von Mrs. Martins Sessel. Er bellte Jimmie an: „Hören Sie sofort mit Ihrer Unterbrechung auf und finden Sie heraus, was meine Frau um Mitternacht im Garten zu suchen hatte."

Jimmie schaute Christopher tadelnd an.

Christopher warf seiner Frau einen tödlichen Blick zu.

Jimmie hörte auf, sich mit dem Finger an die Stirn zu tippen, und sagte zu Phipps: „Mal abgesehen von dem Vorfall im Garten, Phipps ..."

Christopher fauchte: „Oh nein! Wir bleiben mal schön im Garten."

Ein Anflug von Erleichterung hatte sich auf Mrs. Hanleys Gesicht gezeigt. Sie warf Jimmie einen traurig gewinnenden Blick zu.

Jimmie sagte: „Mal abgesehen von dem Vorfall im Garten, Phipps, was haben Sie gemacht?"

Phipps antwortete mit seiner wohlklingenden Stimme: „Ich habe den Garten durchquert und bin zur Garage gelaufen, Sir."

„Was wollten Sie denn dort?", erkundigte sich Jimmie.

„Ich dachte, dass Roberts vielleicht noch auf sei, Sir, und dass ich mich ein Weilchen mit ihm unterhalten könnte."

„Und war Roberts noch auf?"

„Ja, Sir, er saß rauchend auf einer Kiste vor der Garage."

„Sind Roberts und Sie Freunde?"

„Ja, Sir, Roberts ist Lindas Bruder, mein Schwager."

„Du meine Güte!", rief Christopher. „Wir haben eine ganze Familie angestellt."

Er ging mit großen Schritten zum Konsolentisch. „Sagen Sie in jedem Fall die Wahrheit, Phipps, dann kümmere ich mich darum, dass Sie nicht gefeuert werden. Ich bin hier der Herr im Hause. Versuchen Sie nicht, irgendjemanden zu schützen. Ich biete Ihnen Immunität an."

„Danke, Sir."

Jimmie schaute Christopher grimmig an und sagte: „Bitte gehen Sie irgendwo hin und setzen Sie sich."

Christopher murmelte etwas vor sich hin und verließ den Tisch.

Jimmie fragte: „Worüber haben Roberts und Sie gesprochen?"

„Nun ja, Sir, Roberts hat mich gefragt, ob Mrs. Hanley schon herausbekommen hat, dass Linda und ich geheiratet haben. Und ich sagte ihm, ich glaube nicht."

„Worüber haben Roberts und Sie dann noch so diskutiert?"

„Roberts sprach über die Wochenendgesellschaft, Sir. Er sagte mir, dass er glaubte, einige merkwürdige Dinge seien vor dem Abendessen passiert, und dass er gern mehr darüber wüsste."

„Was, glauben Sie, meinte er mit einigen merkwürdigen Dingen, die passiert seien, Phipps?"

„Er schien nicht ins Detail gehen zu wollen, Sir. Roberts ist sehr verschwiegen und hat für einige der besten Leute gearbeitet. Klatsch und Tratsch sind seine Sache nicht."

„Dann hat Roberts Ihnen keine Informationen gegeben?"

„Nein, Sir. Er hat nur gelacht und gesagt: ‚Na ja, eine Wochenendgesellschaft ist eben immer eine Wochenendgesellschaft.'"

„Glaubten Sie, dass er sich auf die Sitten bezog?"

„Ich hatte keine Ahnung, Sir."

„Wir werden es erfahren, wenn Roberts hier erscheint", warf Christopher zornig ein. „Wir werden herausfinden, was all das Herumstreichen im Garten und in Schlafzimmern zu bedeuten hatte."

„Das ist genau das Ziel dieser Untersuchung", sagte Jimmie ernst. „Würden Sie jetzt bitte aufhören, mich zu unterbrechen?"

„Sie brauchen nicht zu versuchen, wegen mir irgendjemanden zu schützen", schnaubte Christopher.

„Christopher“, sagte Mrs. Hanley beunruhigt, „ich denke, wir sollten ins Bett gehen. Es wird schon bald hell.“

Christopher stand lächelnd vor ihr und blickte sie an. „Ach, du findest also, dass wir ins Bett gehen sollten? Du warst doch diejenige, die aufbleiben und Nancy den Stempel des leichten Mädchens aufdrücken wollte. Und jetzt denkst du, wir sollten ins Bett gehen und den Garten vergessen?“

„Christopher!“, entfuhr es Mrs. Hanley mit einem kleinen gurgelnden Laut.

Jimmie fragte: „Wie lange haben Sie mit Roberts geredet, Phipps?“

Phipps erwiderte: „Es war gerade halb eins, als ich ihm Gute Nacht sagte und zurück zum Haus ging.“

„Ist irgendetwas Ungewöhnliches passiert auf dem Weg zurück zum Haus?“

„Nun ja, Sir“, sagte Phipps mit einem unmerklichen Lächeln, „ich weiß nicht, was Sie unter ungewöhnlich verstehen. Statt die Auffahrt am Garten vorbeizulaufen, bin ich durch den Garten gegangen.“

„Hatten Sie einen bestimmten Grund dafür?“, erkundigte sich Jimmie. In der Stille des Raumes war nur das Klopfen seines Bleistifts zu hören.

„Man könnte sagen, Sir, dass ich einfach neugierig war. Oder dass vielleicht mein Detektiv-Instinkt sich gemeldet hat. Die Zeit um Mitternacht und danach hat mich schon immer sehr fasziniert. Sie wissen sicher, dass fast alle schlimmen Verbrechen nach Mitternacht begangen werden. Das hat die Verbrecherpsychologie so an sich. Da gab es zum Beispiel Jekyll und Hyde – der hat immer in der Stille der tiefsten Nacht sein Gesicht gewechselt, Sir. Wissen Sie, es liegt in der menschlichen Natur, dass Kriminelle herumschleichen, wenn alle anderen schlafen. Tiere machen das doch auch so, und Sie wissen ja, dass wir auf eine Art sehr eng mit den Tieren verwandt sind."

„Daran habe ich keinen Zweifel, Phipps", sagte Jimmie ernst. „Keine Frage, Darwin hatte recht. Die grundlegenden Gefühle des Menschen sind animalisch."

„Ja, Sir", erwiderte Phipps, dessen Augen mit plötzlichem Interesse aufleuchteten. „Die größten Geister haben eindeutig festgestellt, dass praktisch alle Verbrechen durch sexuelle Regungen motiviert sind. Bei meiner eigenen Arbeit als Detektiv habe ich ausnahmslos festgestellt, dass letztendlich immer eine Frau hinter allem steckte. Wenn ein Mann lügt, stiehlt oder mordet, Sir, kann man mit Sicherheit sagen, dass er ursprünglich von sexuellen Gefühlen angetrieben wurde, obwohl wir biologisch gesprochen annehmen müssen …"

„Was soll das werden?“, empörte sich Christopher. „Ein Ausflug in den Zoo?“

„Schon gut“, sagte Jimmie, „diese Diskussion ist über Ihrer Hutschnur, Christopher. Sie ist für höhere Intelligenz. Wir müssen uns irgendwann mal treffen, Phipps. Ich bin ebenso Autor wie Anwalt. Wir können gemeinsam sicher etwas Sinnvolles auf die Beine stellen.“

„Ich habe in meiner freien Zeit auch an einem Buch geschrieben, Sir“, erwiderte Phipps und errötete leicht.

„Schön“, sagte Jimmie, „vielleicht kann ich Ihnen da helfen, aber jetzt müssen wir erst mal weitermachen. Zurück zum Garten …“

„Oh ja, Sir. Entschuldigen Sie bitte. Wie ich schon sagte, bin ich durch den Garten zum Haus zurückgegangen. Alles war sehr still. Ich dachte, dass alle Gäste ins Bett gegangen sein mussten. Es war eine perfekte Nacht. Nach dem Sturm war der Mond herausgekommen und der ganze Garten war in silbernes Licht getaucht.“

„Sie schreiben schrecklich gut, Phipps“, sagte Jimmie voller Bewunderung. „Ich frage mich, wie Sie es ertragen, Butler zu sein.“

„Es macht mir nichts aus, Sir. Ich bekomme mein Zimmer, zu essen und einen sehr guten Lohn.“

„Ich schreibe auch“, entgegnete Jimmie. „Aber

mein Zimmer und Essen verdiene ich mir als Anwalt."

„Das ist ein interessanter Nebengedanke, Sir. Aber um fortzufahren: Im Garten, wie Sie sicher wissen, befindet sich auf halber Strecke zwischen Garage und Haus ein japanischer Tee-Pavillon. Der Weg, den ich nahm, führt direkt am Pavillon vorbei. Wenn Sie mir Ihren Bleistift geben würden, Sir, dann zeichne ich Ihnen ein Diagramm auf."

Jimmie schob Phipps einen Bleistift und ein Blatt Papier zu und der Butler zeichnete schnell und genau ein Diagramm.

„Also hier, Sir, verläuft der Hauptweg, der von der Garage kommt. Wenn Sie zu diesem Punkt kommen, führt der Weg in einem Kreis beziehungsweise als Einfassung um den Tee-Pavillon. Selbstverständlich können Sie immer im Kreis herumspazieren, wenn Sie möchten. Nachdem Sie aber einen Halbkreis gegangen sind, gelangen Sie an eine Kreuzung, die auf einen Weg mündet, der zur seitlichen Terrasse und zur großen Veranda auf der Südseite des Hauses führt. Die Veranda liegt hier direkt vor diesem Raum. Als ich den Halbkreis erreicht hatte und gerade auf den anschließenden Weg einbiegen wollte, schien mir, ich hätte eine dunkle Figur durch den Tee-Pavillon huschen sehen. Sie haben den Pavillon ohne Zweifel schon mal gesehen und wissen, dass er von verschiedenen Seiten teilweise abgeschirmt ist durch japanische Paravents. Durch sie wird das Innere des Pavillons sehr dunkel, selbst bei Mondlicht. Ich war mir aber plötzlich ganz sicher, dass ich einen Schatten hatte herumhuschen sehen. Ich war in einer eigentümlichen Lage, Sir. Als früherer Detektiv, als ein Mann, der bestens ausgerüstet dafür war, eine solche Sache zu untersuchen, wusste ich dennoch nicht, was ich tun sollte. Wenn es ein Einbrecher war oder jemand, der herumschlich, um in die Fenster der Damen zu schauen, während sie sich auszogen, dann war es meine Pflicht zu handeln. Wenn es aber auf der anderen Seite einer von Mrs. Hanleys Gästen sein sollte, egal ob Mann oder Frau oder beides, dann wäre ich ein unverschämter Eindringling, wenn ich den Tee-Pavillon betreten würde."

„Sie haben das Richtige getan, Phipps", sagte Jimmie. „Was haben Sie denn gemacht?"

Phipps antwortete ernst: „Ich habe gezögert, Sir." Er unterbrach sich und schrieb etwas mit dem Bleistift auf das Blatt Papier.

Jeder Einzelne im Zimmer hatte atemlos zugehört. Jimmie betrachtete forschend die Gesichter der Gäste, ob sich irgendwo verräterische Reaktionen ablesen ließen.

Mrs. Hanley schien sich in ihrem Sessel entspannt zu haben.

Bob Martin wirkte ganz und gar unbesorgt. Er saß mit übergeschlagenen Beinen da und starrte auf den Boden. Er hatte sich eine Zigarette angezündet.

Mrs. Martin schaute argwöhnisch zu ihrem Mann.

Foster hatte den Blick forschend auf seine Frau gerichtet, als hätte er den Verdacht, sie könnte die huschende Figur aus dem Tee-Pavillon gewesen sein. Daraus schlussfolgerte Jimmie wiederum, dass Foster nicht wusste, wo seine Frau um halb eins gewesen war.

Dann war da noch Christopher. Er schien plötzlich sein starkes Interesse am Garten verloren zu haben. Christopher hatte sich in einem Sessel am Kamin niedergelassen, schaute mit einem erschreckten Ausdruck in den Augen zu Phipps, und als Jimmie zu ihm hinschaute, wurde er rot im Gesicht und begann irgendwie nervös an der Kordel seines Morgenrocks herumzufummeln.

Jimmie wandte seinen Blick wieder Phipps zu. Der Butler schaute ihn einen kurzen Augenblick an, als wollte er sagen: „Wollen Sie wirklich, dass ich weitermache?"

Und natürlich wollte Jimmie weitermachen. Jetzt gab es kein Zurück mehr. Roberts, der Chauffeur, musste jeden Augenblick eintreten. Vielleicht verfügte Roberts ja auch über einige wertvolle und unglaubliche Informationen.

Jimmie sagte: „Fahren Sie fort, Phipps."

Und Phippps begann von neuem: „Als ich so dastand und überlegte, was ich machen sollte, hörte ich hinter mir schnelle Schritte. Ich drehte mich um. Ich war unbewaffnet, Sir. Aber ich erkannte sofort, dass es Roberts war, der über einen der Gartenwege zu mir gerannt kam. Er rief nach mir, war ganz atemlos und sagte: ‚Ich dachte, ich würde dich noch einholen, Greg. Während ich auf der Kiste saß, kurz nachdem du gegangen warst, ist jemand um die Garage gerannt.' Ich fragte ihn, ob er gesehen hatte, wer es war, und er antwortete, leider nicht. Er sagte, dass er lediglich schnelle Schritte gehört hatte, aber als er zur Rückseite der Garage kam, war nichts mehr zu sehen. Ich fasste ihn am Arm und flüsterte ihm zu, dass ich den Schatten von jemandem im Tee-Pavillon gesehen hatte. Ich schlug ihm vor, dass wir dem besser nachgehen sollten, denn es könnte sich ja um einen Herumtreiber, einen Voyeur oder Einbrecher handeln. Roberts sagte mir, er hätte eine Waffe in der Tasche, aber als ich ihm zuflüsterte, er solle mir folgen, packte er mich am Arm und hielt mich zurück. Er flüsterte mir ins Ohr: ‚Das würde ich lieber nicht tun, Greg. Du könntest Ärger kriegen. Ich habe einen Mann und eine Frau da drin verschwinden sehen, als ich zum Haus lief, um Mrs. Hanleys Auto zu holen. Das müssen zwei der Gäste sein, da gehen wir lieber nicht rein.'"

Jimmie lehnte sich seufzend in seinem Sessel zurück. Die Sache drehte sich endlos im Kreis. Verwicklung folgte auf Verwicklung, ohne dass es irgendeinen klaren und sicheren Hinweis gab, der half, das ursprüngliche Rätsel aufzuklären.

Jimmie schüttelte ein wenig den Kopf. Er hatte das Gefühl, sein Gehirn sei von Spinnweben eingesponnen. Er hatte Schwierigkeiten, im Kopf zu behalten, was eigentlich das ursprüngliche Problem gewesen war.

Jimmie war ganz außer Atem. Er hatte die ganze Zeit darauf gewartet, dass seine Krimi-Routine zu ihm sagte: „Das ist der Mann. Nimm ihn in die Mangel und bring ihn dazu zu gestehen." Aber die Juninacht hatte noch andere Geheimnisse bereitgehalten. Er hatte versucht, die ganze Angelegenheit neutral zu betrachten, ein unvoreingenommener Richter zu sein, aber jetzt schien ihm, dass im Garten gestern Nacht deutlich mehr Rätselhaftes vorgefallen war als in Nancys Schlafzimmer …

Roberts betrat leise den Raum.

Der Chauffeur war ein gutaussehender, mittelgroßer junger Mann, schlank und adrett in seiner Uniform, die er früh um drei angezogen hatte. Sein dunkles Haar war mit Haarwasser zurückgekämmt, seine braunen Augen blickten verwundert drein, als er den Raum betrat und mit seiner Mütze in der

Hand und einem entschuldigenden Lächeln auf dem Gesicht in der Tür stand.

Jimmie sagte: „Setzen Sie sich einfach, Roberts."

Der Chauffeur antwortete: „Ja, Sir." Er blickte erschreckt zu Phipps, der den Blick mit jenem Sphinx-Gesicht erwiderte, hinter dem er seine Gefühle in der Angelegenheit verbarg.

Jimmie schaute zu Christopher und sagte: „Beschäftigen Sie einen Gärtner auf dem Grundstück, Christopher?"

„Ja", bellte Christopher, „aber ich werde ihn nicht herbringen und mir dabei nasse Füße holen."

Jimmie sagte zum Butler: „Phipps, gehen Sie bitte zum Gärtner und bringen Sie ihn her. Während Sie weg sind, werde ich die Untersuchung mit Roberts fortsetzen."

Phipps erhob und verbeugte sich. Er bemerkte: „Die entscheidende Sache, die man im Kopf behalten muss, Sir – wenn Sie entschuldigen, dass ich eine Bemerkung mache –, ist, dass die Angelegenheit auf jeden Fall intern war. Wer auch immer das Zimmer der Dame betreten hat, wusste, dass sie ins Bett gegangen war."

„Das denke ich auch", erwiderte Jimmie mit einem freundlichen Lächeln. „Er wusste, dass sie ins Bett gegangen war, und er wollte auch ins Bett gehen."

„Genau darum geht es, Sir“, sagte Phipps ernsthaft.

Er wandte sich um und ging durch den Raum. In seiner Livree sah er groß und würdevoll aus.

Elftes Kapitel

Nachdem Phipps gegangen war, kehrte im Raum wieder tiefes Schweigen ein. Es war, als sei plötzlich ein dramatischer Bestandteil des Morgengrauens ausgeschieden. Selbst Jimmie spürte die abrupt nachlassende Anspannung.

In Mrs. Hanleys Blick zeichnete sich große Erleichterung ab. Quer durchs Zimmer hatte sie ihren Butler mit neugierigem Gesichtsausdruck beobachtet. Phipps' Verschwinden schien sie nun zu enttäuschen. Sie sank in sich zusammen. Ihr ganzes Gesicht erschlaffte, so als hätte sie gerade eine nervenaufreibende Erfahrung gemacht, die sie völlig erschöpft zurückließ.

Auch Christopher schien auf unerklärliche Weise befreit zu sein von irgendeiner verstörenden Tatsache, die mit der Anwesenheit des Butlers im Zeugenstand zu tun gehabt hatte.

Es war Jimmie ganz klar, dass sowohl Christopher als auch Mrs. Hanley irgendeinen Grund gehabt hatten, Phipps' Zeugenaussage zu fürchten. War es vielleicht Christopher gewesen, der sich durch den Tee-Pavillon bewegt hatte? Wusste Christopher, dass Phipps ihn gesehen hatte? Hatte Phipps ihn überhaupt gesehen und erkannt?

Jetzt musste man sich aber über Roberts Gedanken machen. Jimmie betrachtete den Chauffeur. Roberts saß da, die Mütze auf dem Schoß, und starrte vor sich hin. Jimmie fand, dass Roberts keine so würdevolle Haltung hatte, wie Phipps sie ausstrahlte. Roberts war jünger, höchstens dreißig, ein Bursche, der es gewohnt war, im Freien zu sein, und der sich infolgedessen etwas unwohl fühlte hier im Haus, in der Gesellschaft einer Gruppe von Leuten.

Jimmie sagte zu dem Chauffeur: „Kommen Sie her und nehmen Sie diesen Sessel, Roberts."

Roberts erhob sich etwas ruckartig und schaute Jimmie einen Augenblick verständnislos an. Dann durchquerte er den Raum und packte den Sessel.

„Wohin soll ich ihn stellen, Sir?"

Jimmie schmunzelte. „Ich meinte nur, dass Sie sich reinsetzen sollen, Roberts."

Roberts lächelte ein wenig unbeholfen und ließ sich auf dem Sessel nieder.

Jimmie betrachtete ihn zweifelnd. Er glaubte nicht, dass sich der Chauffeur als ein besonders guter Zeuge erweisen würde. Phipps hatte ihm erzählt, dass Roberts schweigsam war.

Roberts warf Jimmie einen kurzen, verstohlenen Blick zu.

Jimmie fragte: „Sie heißen Roberts?"

Der Chauffeur nickte. „Tom Roberts, ja, Sir."

„Wie lange sind Sie schon bei Mr. Hanley angestellt?"

„Zwei Jahre, Sir."

„Hat Mrs. Hanley Sie eingestellt?"

„Nein, Sir. Das war Mr. Hanley. Bevor ich hierhergekommen bin, habe ich auf seiner Jacht gearbeitet."

„Verstehe", sagte Jimmie nachdenklich und betrachtete forschend das Gesicht des Chauffeurs. Es war nicht so unergründlich wie das von Phipps. Es war im Gegenteil ein sehr ausdrucksstarkes Gesicht. Der Bursche war gutaussehend auf eine dunkle Art. Bestimmt war er sehr viel impulsiver als der Butler, dachte Jimmie.

„Wussten Sie, dass Ihre Schwester mit Phipps verheiratet ist?"

Der Chauffeur errötete. Seine Augen hatten einen überraschten Ausdruck, aber es gelang ihm doch zu lächeln. „Ja, Sir. Ich hoffe, das hat Phipps keinen Ärger eingebracht."

„Oh nein", versicherte ihm Jimmie. „Keiner der Dienstboten hat irgendwelchen Ärger. Das scheint sich auf die Gäste zu begrenzen."

Jimmie schaute ernst zu Nancy. Sie hatte sich zurückgelehnt und ihr hübscher Kopf ruhte auf einem schwarzen Kissen, das ihr Gesicht wie Elfenbein schimmern ließ. Sie blickte ihn auch an und verzog plötzlich den Mund zu einem Lächeln. Jimmie hatte den Eindruck, dass sie etwas sagen wollte, dann aber doch beschloss, dass es diskreter wäre zu schweigen.

Dann sah Jimmie zu Christopher herüber. Der saß da, die Hände auf den Knien, und starrte nachdenklich auf Roberts' Rücken. Christopher wirkte wieder sehr erwartungsvoll.

Jimmie wandte seinen Blick erneut Roberts' Gesicht zu. Die braunen Augen des Chauffeurs wirkten ein wenig unruhig. Der arme Kerl war auch unter ungünstigsten Umständen hergebracht worden. Im Morgengrauen aus einem gemütlichen Bett geholt zu werden würde jeden Chauffeur verunsichern. Und Roberts hatte einfach keine Ahnung, worum es überhaupt ging.

Jimmie sagte in freundlichem Plauderton: „Roberts, wir versuchen hier zu einem oder mehreren Ergebnissen zu kommen."

„Ja, Sir", erwiderte Roberts ahnungslos.

„Wir erwarten, dass Sie die Wahrheit und nichts als die Wahrheit sagen, so wahr Ihnen Gott helfe."

Roberts antwortete darauf nicht. Er schob seine Mütze auf eins seiner Knie und sah sehr ernst aus.

Jimmie hatte das fast unwiderstehliche Bedürfnis zu lachen, unterdrückte es aber. Er beugte sich vor, einen Ellbogen auf die Tischkante gestützt. Sein Gesicht ruhte in der linken Hand, während er mit der rechten nach dem Bleistift angelte, den Phipps dort abgelegt hatte. Mit dem Bleistift zeichnete Jimmie ein grobes, nicht gerade kunstvolles Bild von Venus auf ein Blatt Papier, das vor ihm lag.

Er sagte beiläufig: „Phipps hat ausgesagt, dass er gestern spätnachts zur Garage gelaufen ist und Sie dort auf einer Kiste sitzend angetroffen hat."

„Ja, Sir", erwiderte der Chauffeur. „Ich habe auf einer Kiste gesessen."

„Was denken Sie, wie spät es ungefähr war, als Phipps rauskam und Sie auf der Kiste sitzend vorfand?"

„Das weiß ich nicht", erwiderte Roberts unsicher. „Ich würde sagen, es war so gegen Mitternacht."

„Sie denken, es war ungefähr Mitternacht?"

„Ja, Sir."

„Sitzen Sie für gewöhnlich auf einer Kiste vor der Garage?"

„Eigentlich mache ich das ziemlich häufig, Sir, wenn ich darauf warte, gerufen zu werden, oder wenn ich nicht zu früh ins Bett gehen möchte."

„Haben Sie gestern Abend darauf gewartet, noch gerufen zu werden, Roberts?"

„Ja, Sir."

„Wer wollte Sie denn noch rufen?"

Roberts zögerte. Es schien Jimmie, dass er blass wurde und eins seiner Augenlider plötzlich zu zucken begann.

„Wer wollte Sie noch rufen, Roberts?“

„Nun ja, Sir ...“

„Hören Sie“, rief Christopher dazwischen, „Sie beantworten die Fragen, die mein Anwalt Ihnen stellt. Es wird Ihnen nichts passieren, wenn Sie die Wahrheit sagen. Sollten Sie aber lügen, werden Sie gefeuert.“

„Ja, Sir“, erwiderte Roberts unglücklich.

Jimmie sah, dass der arme Kerl nervös war. Er befand sich sozusagen in einer Zwickmühle.

Der Chauffeur fragte: „Wie war noch die Frage, Sir?“

Bevor Jimmie die Frage beantwortete, ließ er seine Augen durchs Zimmer zu Mrs. Hanley wandern. Sie saß plötzlich wieder angespannt in ihrem Sessel.

Jimmie schaute zum Chauffeur. Sein Gesicht war jetzt rot angelaufen.

Jimmie erkundigte sich: „Wer wollte Sie noch rufen?“

„Ich dachte, Sir“, sagte Roberts sich herantastend, „dass Mrs. Hanley mich vielleicht noch brauchen könnte.“

Mrs. Hanley rief leicht hysterisch: „Wieso, Roberts, Sie wussten doch, dass ich Sie nicht mehr brauchte!“

„Ach, er wusste, dass du ihn nicht mehr brauchen würdest!“, schrie Christopher.

Mrs. Hanley sagte: „Roberts, ich habe Ihnen doch direkt nach dem Abendessen gesagt, dass ich das Auto vor Morgen nicht mehr brauchen würde.“

„Ja, Madam“, erwiderte Roberts sich windend.

„Haken Sie hier nach, Jimmie!“, verlangte Christopher. „Wir wollen wissen, warum Mrs. Hanley das Auto brauchte.“

„Ich habe kein Auto gebraucht!“, rief Mrs. Hanley.

„Aber irgendjemand schon“, schnaubte Christopher. „Ich kenne diesen Burschen und weiß, dass er nicht lügen würde.“

„Roberts“, sagte Jimmie ernst, „hat Mrs. Hanley Ihnen gesagt, dass sie das Auto vielleicht noch braucht?“

„Ja, Sir“, antwortete Roberts.

„Was hat sie Ihnen gesagt, um wie viel Uhr sie eventuell noch das Auto braucht?“

„Sie meinte, Sir, dass sie vielleicht so gegen Mitternacht noch eine Ausfahrt machen wollte.“

„Stimmt das?“, empörte sich Christopher, kletterte aus seinem Sessel und zog an einer der wenigen Locken seiner Halbglatze. „Stimmt das!“

Jimmie machte eine abwehrende Geste. „Bitte, Christopher. Das geht jetzt schon den ganzen Morgen so. Wie sollen wir denn zu einer endgültigen und zufriedenstellenden Lösung kommen bei all diesen Unterbrechungen?“

„Es ist einfach merkwürdig für mich“, erwiderte Christopher hitzig, „dass Mrs. Hanley um Mitternacht im Garten herumspaziert ist und dass sie vielleicht eine kleine Ausfahrt zu dieser Zeit machen wollte.“

„Natürlich ist das merkwürdig“, stimmte Jimmie ihm zu. „Es gibt so viele Merkwürdigkeiten bei dieser Wochenendgesellschaft, dass es Tage dauern wird, alles zu entwirren.“

„Fahren Sie fort“, schäumte Christopher. „Mir soll keiner nachsagen können, dass ich die Wahrheit unter den Teppich kehren wollte.“

Jimmie schaute zum Chauffeur und fragte: „Hat Mrs. Hanley Ihnen mitgeteilt, warum sie eventuell das Auto um Mitternacht braucht?“

Roberts antwortete: „Sie hat nur gesagt, Sir, dass es eine warme Nacht sei und sie glaube, dass eine kleine Ausfahrt sie erfrischen und ihre Nerven beruhigen könnte.“

Christopher schnaubte.

Jimmie warf Mrs. Hanley einen kurzen prüfenden Blick zu. Sie zog an ihrer Perlenkette und starrte auf den Boden. Einer ihrer Füße tippte immer wieder auf den Teppich.

Jimmie fragte weiter: „Wo hat Mrs. Hanley diese Bemerkung gemacht?“

„An der Garage, Sir.“

„Sie meinen, sie ist heraus zur Garage gekommen, um diese Bemerkung zu machen?“

„Ja, Sir.“

„Wann war das ungefähr?“

„Ich erinnere mich nicht, Sir. Es muss kurz nach dem Abendessen gewesen sein.“

„Kurz nach dem Abendessen?“

„Ja, Sir.“

„Wieso denken Sie, dass es kurz nach dem Abendessen war?“

„Nun ja, Sir …“

„Erzählen Sie Ihre Geschichte, Roberts!“, rief Christopher quer durch den Raum.

„Sie müssen ja einen Grund dafür haben, zu glauben, dass es kurz nach dem Abendessen war“, bemerkte Jimmie.

„Ja, Sir“, antwortete Roberts nervös.

„Dann lassen Sie uns diesen Grund hören.“

„Wissen Sie, Sir“, sagte Roberts, „es wurde gestern Abend wegen des Sturms ungewöhnlich früh dunkel. Gegen sieben war es noch ziemlich hell …“

„Wie kommen Sie darauf, dass es gegen sieben noch hell war?“

Roberts erwiderte: „Um sieben Uhr, Sir, kam meine Schwester zur Garage gelaufen und fragte, ob ich eine Ölkanne hätte. Einer der Gashähne an ihrem Herd …“

„Sie meinen aber schon den Gasherd in der Küche“, sagte Jimmie nüchtern.

„Ja, Sir“, antwortete Roberts und errötete.

„Fahren Sie fort“, sagte Jimmie.

„Er hatte sich verklemmt und sie konnte ihn nicht aufdrehen. Ich hatte ihn früher schon mal für sie repariert …“

„Einen Augenblick“, unterbrach ihn Jimmie und schaute in seine Aufzeichnungen. „Soweit ich weiß, ist Linda das zweite Hausmädchen. Warum sollte sie sich am Herd zu schaffen machen?“

Roberts erklärte: „Die Köchin fühlt sich schon seit einigen Tagen nicht wohl, Sir, und …“

„Zu mir hat Martha kein Wort darüber gesagt“, ging Mrs. Hanley dazwischen.

„Misch dich nicht ein!“, fauchte Christopher, „Roberts macht gerade seine Zeugenaussage.“

Mrs. Hanley brach plötzlich in Tränen aus, aber niemand nahm von ihr Notiz.

„Bitte sprechen Sie weiter, Roberts“, forderte Jimmie ihn auf.

„Meine Schwester ist eine sehr gute Köchin, Sir, und hat Martha angeboten, ihr mit dem Dinner zu helfen. Als sie zur Garage kam, sagte sie zu mir, dass es sieben Uhr sei und sie sich beeilen müsse. Ich sagte ihr, dass ich mit einer Zange zum Haus kommen würde, um den Herd zu reparieren. Sie lief zum Haus zurück und ich ging in die Garage zu meinem Werkzeugkasten. Ich nahm eine Zange und eine Ölkanne und ging zum Haus. Das ist der einzige Grund, warum ich wusste, dass es sieben war: Weil es mir meine Schwester gesagt hatte."

„Verstehe", sagte Jimmie mit einem Lächeln. „Fahren Sie bitte von da an fort."

Roberts schob seine Mütze auf das andere Knie herüber. „Ich muss so zehn Minuten in der Küche gewesen sein, Sir. Als ich gerade wieder gehen wollte, kam Phipps herein und wir redeten noch kurz."

„Worüber haben Sie geredet?"

„Nun ja, Sir", stammelte Roberts.

„Worüber haben Sie geredet, Roberts?"

„Phipps sagte: ‚Weißt du, mein Freund, irgendjemand bricht hier bei uns in irgendetwas ein oder bricht mit irgendetwas aus.'"

„Was, denken Sie, hat Ihr Schwager damit gemeint?", fragte Jimmie.

„Das weiß ich nicht, Sir. Er hat einfach gelacht und nichts weiter gesagt. Er hat ziemlich viel Sinn für Humor und sagt immer komische Sachen. Er war ja früher Schauspieler, Sir."

„Oh nein, war er nicht", sagte Christopher scharf. „Er war früher Detektiv."

„Also war er jetzt Schauspieler oder Detektiv, Roberts?", fragte Jimmie.

„Er war beides, Sir“, sagte Roberts. „Er ist ein sehr kluger Mann. Vor einigen Jahren, bevor er Schauspieler wurde, gehörte er als Detektiv zum achtundsechzigsten Straßenpolizei-Revier von New York.“

„Daran, dass Phipps großes Talent besitzt, gibt es keinen Zweifel“, sagte Jimmie. „Und er hat Ihnen nicht verraten, was er mit *in etwas einbrechen* oder mit *etwas ausbrechen* meinte?“

„Nein, Sir.“

„Haben Sie versucht, es aus ihm herauszubekommen?“

„Allerdings, Sir. Meine Schwester ebenfalls. Aber er wollte nichts weiter sagen.“

„Verstehe“, sagte Jimmie. „Was haben Sie dann gemacht?“

Roberts antwortete: „Ich habe etwas Wasser getrunken und Linda hat mir ein Schüsselchen Eis gegeben. Das Eis habe ich mit in die hintere Veranda genommen und dort gegessen. Während ich das Eis aß, fing es an zu blitzen und zu donnern und es kam Wind auf.“

„Sehen Sie!“, rief Nancy, setzte sich auf und zeigte mit dem Finger auf Jimmie. „Habe ich Ihnen nicht gesagt, dass ein Sturm aufzog und der Wind durch die Büsche wehte, als ich in meinem Schlafzimmer am Fenster stand?“

„Was war denn mit dem Wind, Roberts?“, fragte

Jimmie und warf Nancy wegen der Unterbrechung einen leicht strafenden Blick zu.

Roberts sagte: „Die Markisen auf der Terrasse schlugen hin und her. Auf der Terrasse, direkt vor diesem Raum, Sir. Ich brachte das Eisschüsselchen zurück in die Küche, ging hinaus und lief außen herum zur Terrasse. Einige der Markisenschnüre waren lose und ich straffte und befestigte alle wieder."

„Sie wissen natürlich alles über Segeltuch", sagte Jimmie, „von Ihrer Arbeit auf der Jacht."

„Ja, Sir. Es begann ein wenig zu nieseln und es war sehr dunkel. Es war so dunkel, dass ich in die Hecke lief, als ich die Auffahrt Richtung Garage entlangging. Ich muss etwas Lärm gemacht haben, als ich in die Hecke lief und fluchte, denn ich dachte ja, dass mich niemand hören würde. Plötzlich hörte ich aber Schritte auf der anderen Seite der Hecke, so als hätte ich jemanden aufgeschreckt, der nun davonrannte."

„Irgendetwas geht hier seit einiger Zeit vor", sagte Christopher heiser. „Ich werde ein paar große Hunde für dieses Anwesen besorgen."

„Fahren Sie fort, Roberts", sagte Jimmie.

„Ich war selbst überrascht, Sir. Ich hatte keine Ahnung, wen ich da weglaufen gehört hatte. Mir lief es eiskalt den Rücken herunter, es war so stockdunkel und ich ging nicht davon aus, dass sich irgendwelche Gäste im Garten aufhielten, so kurz vor dem

Abendessen und bei dem aufziehenden Sturm. Ich hatte auch meine Taschenlampe nicht dabei. Ich stand einfach da, klammerte mich an die Hecke und lauschte. Die Hecke ist nicht sehr hoch, Sir, und ich schaute darüber in Richtung Garten. Ganz plötzlich gab es einen riesigen Blitz, der den ganzen Garten erleuchtete. Da sah ich ein Paar weiße Hosenbeine durchs Gebüsch rennen …"

„Dachten Sie, es wäre ein Mann oder eine Frau?", fragte Jimmie.

Nancy sagte: „Jimmie, haben Sie überhaupt keinen Sinn für Logik?"

„Versuchen Sie jetzt nicht, witzig zu sein", brummte Christopher. „Sie wissen ganz genau, dass keine Frau in weißen Hosen da herumrannte."

Jimmie fragte: „Was ist Ihre Meinung, Roberts?"

„Es muss ein Mann gewesen sein, Sir", erwiderte Roberts. „Das Licht des Blitzes kam und verging so schnell, dass ich nichts erkennen konnte, bis auf das Aufblitzen der weißen Hose."

„Was haben Sie dann gemacht?"

„Ich war etwas beunruhigt, Sir. Ich sprang über die Hecke und rannte durch den Garten. Wer auch immer es gewesen war, hatte sich in Luft aufgelöst und ich konnte nicht einmal das Geräusch von Schritten hören. Ich wusste nicht so genau, in welcher Richtung ich durch den Garten gerannt war.

Aber plötzlich sah ich ein Licht in einem der oberen Fenster des Hauses. Als ich zu dem Fenster aufschaute, ging das Licht aus. Ich stand eine ganze Weile überrascht da. Vielleicht war das einfach nur verrückt, aber ich hatte den Eindruck, dass irgendetwas hier nicht stimmte. Während ich so dastand, hörte ich ein Auto die Auffahrt entlangkommen, bevor ich mich aber umdrehen konnte, blitzte das Licht der Scheinwerfer durch den Garten und leuchtete mir direkt ins Gesicht …“

„Sehen Sie“, rief Nancy, „ich habe Ihnen doch gesagt, es war Roberts. Ich habe Ihnen auch von dem Scheinwerferlicht erzählt. Oh, ich sage Ihnen, letzte Nacht war um das Haus herum einiges los.“

„Wir müssen weitermachen bis wir herausgefunden haben, wer da durch den Garten gerannt ist“, schnauzte Christopher herum. „Ich werde ein paar große Hunde anschaffen!“

„Wie steht es eigentlich mit meinem Mann?“, fragte Mrs. Martin in die plötzlich eingetretene Stille des Raumes. „Vielleicht ist er ja durch den Garten gerannt.“

„Wir werden ihn bald haben“, sagte Jimmie. „Seien Sie nicht zu gierig darauf, jemanden zu verurteilen.“

Mrs. Martin gab sarkastisch zurück: „Oh, ich bin nicht ungeduldig. Ich habe mich nur gerade gefragt, wo er eigentlich hingerannt ist, nachdem er Helen auf den Hals geküsst hat."

„Sie müssen nicht immer wieder davon anfangen, Vera", sagte Helen spitz.

„Nun, Roberts", fragte Jimmie mit einem Stirnrunzeln, „was dachten Sie über das Auto, das die Auffahrt entlangfuhr?"

„Ich war verblüfft, Sir", erwiderte Roberts. „Es war mir unerklärlich, woher das Auto kam und wohin es fuhr. Die Fahrzeuge aller Gäste waren in der Hauptgarage geparkt, deren Türen verschlossen waren. Ich hatte sie selbst abgeschlossen und die Schlüssel in meiner Tasche."

„Niemand hätte also ein Auto herausfahren können, es sei denn, man hätte sich von Ihnen den Schlüssel geben lassen?"

„Nein, Sir."

„Haben Sie eine Verbindung hergestellt zwischen dem Mann in den weißen Hosen und dem Auto, das die Auffahrt entlangfuhr?"

„Um die Wahrheit zu sagen, Sir, das habe ich. Ich dachte, dass derjenige, den ich durch den Garten hatte rennen sehen, jetzt mit dem Auto davonfuhr."

„Was haben Sie dann gemacht, Roberts?"

„Ich bin zurück zum Haus gelaufen, Sir, um mit Mr. Hanley über das Auto zu sprechen. Als ich dann zur Terrasse kam, dachte ich, es wäre wohl besser,

Mr. Hanley nicht zu beunruhigen, da er Gäste hatte. Und außerdem war ja, wer immer es war, jetzt weg."

„In Zukunft", gab Christopher heiser von sich, „kommen Sie bitte sofort zu mir und melden mir solche Dinge, Roberts. Ich werde nächste Woche einige große Hunde anschaffen."

„Ja, Sir", erwiderte Roberts entschuldigend.

„Und weiter?", sagte Jimmie.

„Dann bin ich durch den Garten zurück zur Garage gelaufen", fuhr Roberts fort. „Der Nieselregen hatte aufgehört, aber es blitzte und donnerte noch immer. Ich ging in mein Zimmer über der kleineren Garage und schaltete die Lichter an. Ich nahm eine Waffe, steckte sie in meine Tasche und fand meine Taschenlampe. Ich ging die Treppe hinunter zur Auffahrt und dachte, dass ich jetzt auf eigene Faust über das Anwesen gehen würde, um nach dem Rechten zu sehen. Später wollte ich mit Phipps darüber sprechen, der ja Detektiv gewesen war und vielleicht ein paar Ideen hatte. Ich betrat die kleine Garage und schaltete die Außenbeleuchtung ein, die die Auffahrt ein gutes Stück weit erleuchtete. Plötzlich sah ich einen Mann die Auffahrt entlang direkt auf mich zukommen. Ich legte meine Hand auf die Waffe in meiner Tasche, sah aber gleich, dass es Mr. Martin war."

„Jetzt kommen wir der Sache schon näher!", rief Mrs. Martin triumphierend. „Einfach nur mein Mann, der die Auffahrt entlangläuft, nachdem er eine Frau auf den Hals geküsst hat."

„Himmelherrgott!", platzte Bob Martin heraus.

„Ist Mr. Martin zu Ihnen gekommen?", fragte Jimmie sehr interessiert.

„Ja, Sir."

„Was hat er gesagt?"

„Er sagte: ‚Hallo Roberts', und ich antwortete: ‚Guten Abend, Mr. Martin. Es sieht nach Gewitter aus.' Er sagte: ‚Ja, das wird eine Abkühlung geben. Ich vertrete mir vor dem Abendessen noch ein wenig die Beine. Es ist eine schrecklich langweilige Gesellschaft.'"

Mrs. Hanley erhob sich halb aus ihrem Sessel und warf Bob Martin quer durch den Raum einen giftigen Blick zu. Bob blieb reglos sitzen, die Augen auf den Boden gerichtet.

„Was wurde dann noch besprochen?", bohrte Jimmie gnadenlos weiter.

„Ich sagte zu Mr. Martin: ‚Es ist die kleinste Wochenendgesellschaft, die Mrs. Hanley je hatte.' Da lachte er und sagte: ‚Die wäre vielleicht gar nicht so schlecht, wenn Mrs. Hanley nicht den Anwalt ihres Mannes eingeladen hätte.'"

Jimmie ließ seinen Blick vom Gesicht des Chauffeurs zu Bob Martin wandern, wobei ein unmerkliches Lächeln seine Mundwinkel umspielte.

„Ich sehe“, sagte Jimmie, „dass Mr. Martin Anwälte nicht mag.“

Martin hob ganz kurz den Blick und schaute Jimmie herausfordernd an.

Jimmie schaute zu Nancy. Sie lächelte leicht und zuckte mit den Schultern. Es war so, als wollte Nancy sagen: „Sie werden einsehen, dass es sinnlos ist, beleidigt zu sein, weil der arme Kerl keine Anwälte mag. Wahrscheinlich hat er Angst vor Ihnen.“

Jimmie wandte seinen Blick wieder Roberts zu. Dieser schien leicht verlegen zu sein.

„Was haben Sie darauf geantwortet, Roberts?“

„Ich habe nichts gesagt, Sir.“

„Sie haben nicht gesagt, was Sie von Anwälten halten?“

„Nein, Sir. Ich weiß nicht viel über Anwälte.“

„Und was hat Mr. Martin noch so gesagt?“

„Das war alles, Sir. Er bot mir eine Zigarette an. Ich nahm sie, Mr. Martin zündete sich auch eine an und schlenderte davon.“

„Welchen Weg hat er genommen?“

„Er ging zurück Richtung Garten, Sir.“

„Haben Sie gesehen, wie er in den Garten gegangen ist?“

„Ja, Sir.“

„Trug Mr. Martin weiße Hosen?“

„Ja, Sir.“

„Dachten Sie, er könnte der Mann sein, den Sie zuvor durch den Garten hatten rennen sehen?"

„Ich habe daran gedacht, Sir. Aber gewusst habe ich es nicht – denn jeder der Gäste hätte weiße Hosen anhaben können."

Jimmie fragte: „Mr. Foster, hatten Sie gestern Abend weiße Hosen an?"

Foster antwortete mit einem Lächeln: „Ja."

„Wie steht es mit Ihnen, Christopher?"

„Ich ziehe nie solche verdammten Dinger an. Man kann sich ja nicht damit hinsetzen, ohne sich schmutzig zu machen."

Jimmie sagte: „Ich hatte auch weiße Beinkleider an."

Nancy rief: „Bitte sagen Sie doch Hosen, Jimmie."

„Wir haben also drei Männer in weißen Hosen", sagte Jimmie, „und einer von ihnen ist vielleicht gestern Abend durch den Garten gerannt. So, Roberts, ich werde Ihnen jetzt erst einmal keine weiteren Fragen stellen. Gehen Sie hinüber und machen Sie es sich in einem der Sessel bequem."

Roberts erhob sich, drehte sich um und durchquerte den Raum bis zu einem der anderen Sessel. Er setzte sich und legte seine Mütze auf eins seiner Knie.

Jimmie schaute zu Mrs. Hanley. Sie hatte einen zu Tode erschrockenen Ausdruck in den Augen. Sicher befürchtete sie, wieder in den Zeugenstand gerufen zu werden.

Aber Jimmie saß schweigend da und konzentrierte sich auf die Zeugenaussage, die der Chauffeur gemacht hatte.

Jimmie rieb sich sein Kinn. Er fand nicht, dass Roberts' Aussage irgendwelche neuen Hinweise gebracht hatte. Das eigentliche Problem, das ursprüngliche Geheimnis war noch immer nicht gelüftet. Was hatte den unbekannten Mann zu Nancys Zimmer geführt? War er dort hingegangen, weil er glaubte, eventuell willkommen zu sein? Oder war er heimlich hingeschlichen, um etwas anderes oder jemand anderen in ihrem Zimmer zu entdecken?

Plötzlich kam ihm der Gedanke, dass sein eigenes Schweigen, seine eigene Distanziertheit dem Problem gegenüber der Faktor sein könnte, der ihn daran hinderte, die endgültige Lösung zu finden. Schließlich war er zentraler Dreh- und Angelpunkt in dieser Situation. Er fand, dass der Fall zur Durchführung der letzten Befragung jetzt jemanden brauchte, der weniger involviert war als er. Warum nicht Phipps? Der Butler war Detektiv gewesen. Er war ein kluger Bursche. Und außerdem konnte Phipps, in die Position des Ermittlers gebracht, vielleicht sein eigenes Wissen über den Hanley'schen Haushalt geschickt in die Untersuchung einfließen lassen.

Phipps betrat den Raum, mit dem Gärtner im Schlepptau.

Phipps sagte: „Hier ist Snooker, Sir."

Jimmie betrachtete den Gärtner. Er war ein alter Mann mit rotem Gesicht und grauen Augen, und er blinzelte wie eine Eule ins helle Licht.

Jimmie sagte: „Suchen Sie sich einen Platz, Snooker, und machen Sie es sich bequem. Und Sie kommen bitte her, Phipps."

Phipps ging vor dem Tisch entlang, blieb stehen und richtete einen unergründlichen Blick auf Jimmie.

Jimmie sagte nachdenklich: „Phipps, mir scheint, dieser Fall braucht einen neuen Ermittler. Indem ich mich selbst heraushalte, wird seine Auflösung nur verzögert."

Bob Martin unterbrach ihn sarkastisch: „Ich habe mich schon die ganze Zeit gefragt, wann Sie eigentlich ins Spiel kommen. Wenn ich mich nicht irre, dann habe ich gesehen, wie Sie kurz nach dem Abendessen Mrs. Randin im Garten geküsst haben."

Jimmie lächelte ungerührt. „Mein lieber Freund, ich gebe es zu. Deshalb habe ich auch das Gefühl, ich bin mit dem Fall so weit gekommen, wie es mir irgend möglich war. Um allen Beteiligten Gerechtigkeit widerfahren zu lassen, denke ich aber, man sollte auch mich befragen und versuchen, mich mit dem Fall in Verbindung zu bringen." Während eines

Augenblicks nachdenklichen Schweigens klopfte er mit seinem Bleistift auf den Tisch. Dann schaute er zu Phipps hoch. „Phipps, ich möchte, dass Sie die Untersuchung für mich zu Ende führen."

Der Anflug eines Lächelns huschte über Phipps' Gesicht. „Das kann ich wohl kaum tun, Sir. Ich bin hier nur der Butler und es wäre doch reichlich vermessen von mir."

„Nichts dergleichen", sagte Jimmie entschlossen. „Ich nehme die ganze Verantwortung auf mich. Sie werden hier nicht als Butler, als Angestellter dieses Hauses, betrachtet. Sie sind jetzt der Detektiv. Kommen Sie hier herum und nehmen Sie diesen Platz ein."

Jimmie erhob sich und ging zum Ende des Tisches. Nach kurzem Zögern ging Phipps hinter den Tisch und setzte sich in den Sessel. Er sah sehr imposant und würdevoll aus.

„Das ist doch absurd!", rief Mrs. Hanley. „Ich bin nicht dafür, dass mein Butler irgendwelche Fragen stellt."

„Meine Liebe", sagte Christopher grimmig, „du hast jetzt nicht das Geringste damit zu tun. Vielleicht werden wir ja herausfinden, was du eigentlich um Mitternacht im Garten zu suchen hattest."

Mrs. Hanley erblasste und ließ sich wieder in ihren Sessel fallen.

„Also, Phipps", begann Jimmie, „das ursprüngliche Problem war folgendes: Welcher Mann im Haus betrat heimlich Mrs. Randins Zimmer um halb eins oder ein Uhr morgens und tat etwas, das sie veranlasste zu schreien? Die Antwort auf diese Frage wurde von Mrs. Hanley eingefordert. Aus diesem einen konkreten Problem haben sich allerdings verschiedene Nebenschauplätze ergeben."

Phipps sagte ernst: „Wenn Sie mir gestatten, Sir, dann darf ich sagen, dass ich über verschiedene wichtige Indizien verfüge. Ich habe Mrs. Randin in den frühen Morgenstunden schreien hören, als ich über die Terrasse lief, und habe seither selbst in dem Fall ermittelt, aus reiner Neugier."

„Dachte ich es mir doch", sagte Jimmie triumphierend. „Ich wusste schon, dass Sie der richtige Mann sind, um diese Sache erfolgreich zu Ende zu bringen. Sie verstehen, dass Sie niemanden schonen sollen – auch nicht Ihre Arbeitgeber. Ich werde hier am Ende des Tisches sitzen für den Fall, dass Sie meinen Rat brauchen. Die Angelegenheit liegt nun in Ihren Händen."

„Ja, Sir", sagte Phipps. Er zog ein kleines Notizbuch aus der Tasche, legte es vor sich auf den Tisch und schaute einige Zeit schweigend auf seine Notizen. Dann schaute er auf und blickte zu Nancy. Er sagte ruhig: „Mrs. Randin, würden Sie sich bitte in den Zeugenstand begeben."

Nancy erhob sich mit einem plötzlichen Lächeln: „Jetzt werden wir alle in Schwierigkeiten geraten."

„Ich fürchte auch", bemerkte Jimmie und zündete sich eine Zigarette an.

Nancy ließ sich in dem Sessel nieder und betrachtete Phipps mit ihren großen, braunen Augen.

Phipps fand, dass sie die schönste Frau im ganzen Raum war. Und die witzigste, klügste und charmanteste.

Christopher schnaubte in die Stille des Raumes: „Das ist ja eine tolle Party, bei der der Butler in einen Detektiv verwandelt wird!"

„Butler", sagte Jimmie ruhig, „wissen immer mehr über Wochenendgesellschaften als irgendjemand sonst. Machen Sie den Butler zum Detektiv, dann ist das einfach Pech für alle."

Zwölftes Kapitel

Nancy betrachtete Phipps mit einem verschmitzten Lächeln, bei dem sich ihre roten Lippen öffneten. Es war ganz offensichtlich, dass sie von alledem leicht amüsiert war.

Phipps saß zurückgelehnt in seinem Sessel und strahlte unbeirrbare Entschlossenheit aus. Jimmie, der ihn leicht ironisch betrachtete, hatte den Eindruck, dass Phipps die Maske des Butlers abgenommen und sich die des Detektivs übergestreift hatte.

Einen Moment lang war es ganz still. Phipps schien nachzudenken und seinen Angriff vorzubereiten.

Jimmie schien, als würde es einige der Anwesenden in leichte Panik versetzen, dass der Butler nun den Platz des Ermittlers eingenommen hatte. Mrs. Hanley schien außerordentlich unbehaglich zumute zu sein, und Christopher rutschte immer wieder auf seinem Sessel herum, öffnete und schloss die Kordel seines Morgenrocks und schien ganz allgemein nervös und angespannt.

Phipps hatte etwas sehr Beeindruckendes an sich, wie er dort in seinem Sessel saß und ein Schweigen um sich herum verbreitete, das ganz offensichtlich alle anderen im Raum atemlos erstarren ließ.

Phipps fragte in seiner tiefen, fast tonlosen Stimme:

„Um wie viel Uhr sind Sie gestern Abend ins Bett gegangen, Mrs. Randin?“

Nancy lächelte. Ihre Augen funkelten, sie fand die ganze Angelegenheit offenbar höchst amüsant.

Sie antwortete: „Ich denke, es war kurz nach zwölf.“

Phipps fragte: „Sind Sie sofort eingeschlafen?“

„Nein, nicht sofort. Aber ich bin kurz vor halb eins eingeschlafen.“

„Woher wissen Sie das so genau?“

„Nun ja, als ich das letzte Mal auf die Uhr auf meinem Nachttisch geschaut habe, war es Viertel nach zwölf, und als ich wieder aufwachte, war es zwanzig vor eins.“

„Hat Sie etwas geweckt?“

„Ja, da habe ich dann geschrien.“

„Was empfanden Sie beim Erwachen?“

„Ich hatte Angst. Ich war fest eingeschlafen. Dann erwachte ich durch ein sehr unangenehmes Ereignis. Ich hatte das Gefühl, jemand hätte mein Gesicht mit einer Hand berührt.“

„Haben Sie irgendjemanden im Zimmer gehört?“

„Nachdem ich geschrien hatte, habe ich Schritte gehört.“

„Haben Sie jemanden gesehen?“

„Nein. Es war zu dunkel. Nicht einmal der Mond schien. Aber ich glaubte, einen Schatten vor dem

Fenster entlanghuschen zu sehen, der in die Dunkelheit verschwand."

Phipps beugte sich vor: „Sie konnten den Schatten nicht genauer identifizieren?"

„Nein", erwiderte Nancy.

„Wer war in dem Zimmer neben Ihrem?"

„Warum? Ich habe wirklich keine Ahnung."

Mrs. Hanley warf ein: „Mr. und Mrs. Martin haben das Zimmer neben Nancy auf der südlichen Seite und Mr. Landon bewohnt das blaue Zimmer nördlich davon."

Phipps fragte: „Haben Sie das Geräusch einer sich öffnenden oder schließenden Tür gehört?"

„Nein, habe ich nicht. Aber nachdem ich den Schatten sah, hörte ich schlurfende Schritte. Ich hatte den Eindruck, als wäre jemand unter mein Bett gekrochen."

„Sie hatten das Gefühl, jemand war unter Ihr Bett gekrochen?"

„Mir kam es so vor", erwiderte Nancy mit einem unmerklichen Lächeln. „Es kann auch sein, dass ich es mir nur eingebildet habe. Aber eine oder zwei Minuten später öffnete sich meine Zimmertür. Ich hörte Stimmen, schaltete die Nachttischlampe an, und Mr. Martin und Mr. Foster standen in meiner Tür und starrten mich an. Sie liefen auf mein Bett zu und fragten mich, was geschehen sei."

„Ihre Tür muss unverschlossen gewesen sein, wenn sie einfach hereinkommen konnten“, sagte Phipps ernst.

„Ja, sie war unverschlossen.“

„Schließen Sie Ihre Tür normalerweise nicht ab?“

„In einem Landhaus selten.“

„Mr. Martin und Mr. Foster waren die Ersten, die Ihr Zimmer betraten, nachdem Sie geschrien hatten?“

„Ja.“

„Kam noch jemand herein?“

„Mrs. Hanley kam herein. Sie schien schockiert darüber, Mr. Martin und Mr. Foster zu sehen, und verlangte zu erfahren, was los sei. Und damit hat dann dieser ganze Ärger angefangen.“

„Mr. Landon war auch da drin“, sagte Mrs. Hanley rachsüchtig.

Phipps fragte: „Wann hat Mr. Landon Ihr Zimmer betreten?“

Nancy erwiderte: „Er kam nach Mr. Martin und Mr. Foster herein.“

„Dann war er schon da, als Mrs. Hanley eintrat?“

„Ja. Es waren drei Herren in Pyjamas in meinem Zimmer, als Mrs. Hanley hereinkam.“

Mrs. Hanley rief: „Mr. Landon hatte nicht mal seinen Morgenrock an.“

Phipps ignorierte Mrs. Hanley und fragte: „Fanden Sie es merkwürdig, dass Mr. Landon Ihr Zimmer ohne Morgenrock betrat?"

„Ja, schon", erwiderte Nancy. „Aber er hatte ihn sicher in der Aufregung einfach vergessen."

„Das ist im Augenblick alles, Mrs. Randin", sagte Phipps und neigte leicht seinen Kopf. „Mr. Martin, kommen Sie bitte in den Zeugenstand."

Nancy warf Jimmie einen Blick zu und erhob sich. Jimmie erwiderte ihren Blick ernst, er hatte ein leichtes Zucken im Gesicht. Es war ganz offensichtlich, dass er großen Spaß daran hatte, wie Hanleys Butler den Detektiv spielte.

Bob Martin erhob sich mit einem Stirnrunzeln aus seinem Sessel. Er blieb einen Augenblick stehen und starrte Phipps an. Dann richtete er seinen Blick auf Christopher. Bobs Augen funkelten vor Zorn. Es war ganz klar, dass er überhaupt keine Lust hatte, sich von einem Butler befragen zu lassen.

„Natürlich", sagte Mrs. Martin eisig, „es ist ja ganz klar, dass du zögerst, Fragen zu beantworten, Bob."

Martin fauchte: „Für intelligente Leute ist das doch alles verdammter Unsinn, worauf wir uns hier einlassen." Er ging quer durch den Raum und setzte sich steif auf den Sessel vor dem Tisch. Sein Gesicht war gerötet und er hatte noch immer diesen zornigen Ausdruck in den Augen.

Phipps begann: „Mr. Martin, hatten Sie irgendeinen Grund, in den frühen Morgenstunden in Mrs. Randins Zimmer zu gehen?"

Martin antwortete scharf: „Ich bin da nur reingegangen, weil ich sie schreien gehört habe. Ich bin aus meiner Tür gelaufen, habe Foster auf dem Flur getroffen und wir sind zusammen reingegangen."

„Wo war Ihre Frau, als Sie Ihr Zimmer verlassen haben?"

„Wieso? Sie war im Bett."

„In ihrem Bett?"

„Natürlich nicht – sondern in ihrem eigenen."

„Hat sie geschlafen?"

„Das weiß ich nicht."

„Hat sie etwas zu Ihnen gesagt, als Sie das Zimmer verließen?"

„Nein."

„Dann scheint es eher wahrscheinlich", sagte Phipps, „dass sie gar nicht bemerkt hat, dass Sie das Zimmer verließen. Hat sie etwas zu Ihnen gesagt, als Sie zurückkamen?"

„Nein, hat sie nicht."

„Haben Sie nachgeschaut, ob sie schläft?"

„Nein. Ich bin wieder ins Bett gegangen."

„Und von dem Augenblick, als Sie das Zimmer verließen, bis zu Ihrer Rückkehr, haben Sie da irgendwann die Stimme Ihrer Frau gehört?"

„Nein."

„Haben Sie in Ihrem Zimmer kein Licht angemacht, als Sie aufgestanden sind?"

„Nein."

„Sie haben in der Dunkelheit zu Ihrer Zimmertür gefunden?"

„Es war gar nicht wirklich dunkel. Es fiel ja Mondlicht durch die Fenster."

„Der Mond schien durch die Fenster und Sie konnten Ihre Frau nicht sehen?"

„Ich hätte sie schon sehen können, wenn ich nach ihr geschaut hätte", platzte Martin wütend heraus.

„Es hat ihn einfach nicht interessiert", bemerkte Vera bitter.

„Wussten Sie, dass Mrs. Randin das Zimmer neben Ihrem bewohnte, Mr. Martin?"

„Nein."

„Nun, als sie schrie, woher wussten Sie dann, in welches Zimmer Sie gehen mussten?"

Martin drehte sich plötzlich in seinem Sessel um und wurde puterrot im Gesicht.

Ein Lächeln huschte über Jimmies Gesicht. Er warf Phipps einen bewundernden Blick zu. Der Mann verstand sein Handwerk, er war ein echter Detektiv. Er wusste, wie man einem Zeugen kleine Stolperfallen stellte.

„Ich wiederhole", sagte Phipps ruhig, „woher

wussten Sie, in welches Zimmer Sie gehen mussten, als Sie Mrs. Randin schreien hörten?"

Martin knurrte: „Es klang so, als sei der Schrei aus dem Zimmer nebenan gekommen."

„Sie wollen uns also glauben machen", bemerkte Phipps eine Spur sarkastisch, „dass Sie in der nächtlichen Stille eines Hauses, mit dem Sie überhaupt nicht vertraut waren, geradewegs in das Zimmer gingen, in dem Mrs. Randin geschrien hatte, ohne mit Sicherheit zu wissen, dass es ihr Zimmer war?"

„Warum nicht?", wich Martin mit einem säuerlichen Lächeln aus. „Ich traf im Flur auf Foster und er sagte, er glaube, der Schrei wäre aus Mrs. Randins Zimmer gekommen."

„Dann", erwiderte Phipps, „wussten Sie also beide, welches Mrs. Randins Zimmer war."

„Das habe ich nicht gesagt!"

„Es ist doch ganz offensichtlich", sagte Phipps, „dass Sie wussten, dass Mrs. Randin das Zimmer neben Ihrem bewohnte. Und als sie schrie, sind Sie direkt zu ihrem Zimmer gelaufen, weil Sie wussten, welches ihr Zimmer war. Das ist im Moment alles, Mr. Martin. Bitte nehmen Sie jetzt hier Platz, Mr. Foster."

Martin sprang aus dem Sessel und ging durchs Zimmer, die Hände tief in die Taschen seines Morgenrocks vergraben.

Christopher lehnte sich grinsend in seinem Sessel zurück.

Jimmie saß da und rauchte, mit einem undefinierbaren Ausdruck in den Augen.

Foster setzte sich Phipps gegenüber.

„Mr. Foster“, begann Phipps, „was haben Sie gerade gemacht, als Sie Mrs. Randin schreien hörten?“

Foster antwortete: „Ich habe im Bett gelegen und ein Buch gelesen.“

„Wo war Ihre Frau?“

„Im Badezimmer.“

„Dann hat sie Sie also nicht gesehen, als Sie auf den Flur gelaufen sind, um zu hören, woher der Schrei kam?“

Foster schüttelte den Kopf. Er schien etwas peinlich berührt zu sein. Phipps saß da und betrachtete ihn schweigend. Einen Augenblick später blickte er kurz zu Jimmie. Jimmie lächelte, dann gähnte er leicht und schaute auf seine Armbanduhr.

Phipps fragte: „Wie war Ihre Antwort auf die letzte Frage?“

Foster erwiderte: „Mrs. Foster hat mich nicht gesehen, als ich aus dem Zimmer auf den Flur gerannt bin.“

„Als Sie in den Flur gelaufen sind, wussten Sie da, wohin Sie liefen?“

„Ja.“

„Sie sind also direkt zu Mrs. Randins Zimmer gelaufen?“

„Ja.“

„Sie wussten, welches ihr Zimmer war?“

„Nicht genau.“

„Wie haben Sie ihr Zimmer dann gefunden?“, fragte Phipps. Mit einer nachsichtigen Geste lehnte er sich zurück und betrachtete Foster mit seinem undurchdringlichen Blick, der einst der unergründliche Blick eines Butlers war, jetzt aber der forschende Blick eines Detektivs.

„Die Frage war“, sagte Phipps geduldig, „wie haben Sie ihr Zimmer gefunden?“

Foster zuckte mit den Schultern. „Als ich auf den Flur lief, sah ich Mr. Martin an einer der Türen stehen.“

„Sie sahen Mr. Martin an einer Tür stehen?“

„Ja.“

„Natürlich haben Sie Mr. Martin an einer der Türen stehen sehen!“, rief Vera. „Mr. Martin kam gerade durch diese Tür.“

Phipps bemerkte zwar, dass er unterbrochen worden war, saß aber dennoch bewegungslos in seinem Sessel, die Augen fest auf Foster gerichtet.

„Dachten Sie, dass Mr. Martin gerade aus der Tür herauskam oder ins Zimmer hineinging?“, erkundigte sich Phipps.

„Er stand einfach da“, erwiderte Foster. „Ich lief

zu ihm und sagte: ‚Haben Sie eine Frau schreien hören?', und er antwortete: ‚Ja, ich glaube, es war Mrs. Randin. Das hier ist ihre Tür.'"

„Dann", sagte Phipps, „ist es also ganz offensichtlich, dass Mr. Martin wusste, welches Mrs. Randins Zimmer war."

„Ich denke schon", sagte Foster. „Er öffnete die Tür und ich ging hinter ihm hinein."

„Was haben Sie gesehen, als Sie das Zimmer betraten?"

„Mrs. Randin saß in ihrem Bett ..."

„War im Zimmer Licht an?"

„Ja. Eine Lampe brannte auf dem Nachttisch neben ihrem Bett."

„Was hat Mrs. Randin gesagt, als sie Sie sah?"

„Sie hat gar nichts gesagt. Sie hat uns einfach angestarrt und dann angefangen zu lachen."

„Was haben Sie gedacht, worüber sie lacht?"

„Ich hatte keine Ahnung. Sie schien ein wenig hysterisch zu sein."

„Was haben Sie dann gesagt?"

„Ich habe nichts gesagt."

„Und was hat Mr. Martin gesagt?"

„Er sagte: ‚Haben Sie geschrien?', und sie antwortete: ‚Das muss ich wohl. Ich habe geschlafen und jemand hat eine Hand auf mein Gesicht gelegt und mich erschreckt.'"

„War Mr. Landon im Zimmer, als Sie mit Mr. Martin hereinkamen?“

„Ich habe ihn nicht gesehen.“

„Aber später kam er herein, nicht wahr?“

„Ich habe keine Ahnung, woher er kam“, sagte Foster mit einem verwirrten Ausdruck. Er drehte sich in seinem Sessel und schaute zu Jimmie. Jimmie erwiderte seinen Blick sehr ernst.

„Was meinen Sie damit?“, fragte Phipps.

Foster sagte: „Mrs. Randin schrie plötzlich: ‚Sehen Sie doch, jemand ist gerade durch den Flur gerannt!‘ Sowohl Martin als auch ich drehten uns um und liefen zur Tür, die ein Stück weit offen stand. Wir schauten in den Flur, sahen aber niemanden. Als wir uns wieder umdrehten, um zu Mrs. Randin zu schauen, stand Mr. Landon neben ihrem Bett.“

„Was dachten Sie, wo er hergekommen war?“, fragte Phipps.

„Ich hatte keine Ahnung. Er kam mit Sicherheit nicht über den Flur.“

„Denken Sie, dass er vielleicht irgendwo im Zimmer versteckt gewesen war?“

„Das weiß ich nicht.“

„Was hat er denn gesagt?“

„Er sagte: ‚Was ist passiert, Nancy?‘“

„Was hat Mrs. Randin darauf erwidert?“

„Sie sagte: ‚Ich habe geschlafen, Jimmie, und jemand hat eine Hand auf mein Gesicht gelegt und mich erschreckt.' Landon fragte: ‚War es einer dieser beiden Gentlemen?' Und sie sagte ihm, dass sie das eher nicht glaube."

Phipps saß einen Moment schweigend da. Er schien nachzudenken. Dann sagte er: „Sind Sie sich sicher, dass Mr. Landon nicht durch die Tür zum Flur gekommen ist?"

„Ich wüsste nicht, wie er durch diese Tür hereingekommen sein sollte. Martin und ich standen beide in der Tür und schauten den Flur entlang, und als wir uns wieder umdrehten, war Mr. Landon im Zimmer."

„Vielleicht", sagte Bob Martin bissig, „ist Mr. Landon ja durchs Fenster hereingeweht worden."

„Das würde mich nicht überraschen", sagte Jimmie.

„Also", sagte Phipps, „nachdem Sie und Mr. Martin neben dem Bett Mr. Landon stehen gesehen haben, was ist dann passiert?"

„Einige Sekunden später", antwortete Foster, „kam Mrs. Hanley hereingestürzt."

„Was hat sie gesagt?"

„Sie fragte, was los sei und was wir in Mrs. Randins Zimmer zu suchen hätten. Mr. Landon erklärte ihr, dass Mrs. Randin geschrien hätte, dass wir hereingekommen seien, um herauszufinden, was passiert sei, und dass er hereingekommen sei, um nachzuschauen, was wir in ihrem Zimmer machten."

„Wie war Mrs. Hanley bekleidet, als sie das Zimmer betrat?", erkundigte sich Phipps.

„Genauso wie jetzt", sagte Foster.

„Hatte sie das nicht auch zum Abendessen an?"

„Ja, ich glaube schon."

„Dann ist es wohl wahrscheinlich, dass Mrs. Hanley nicht zu Bett gegangen war."

„Da haben wir es wieder", fauchte Christopher. „Warum war sie nicht im Bett? Das würde ich sehr gerne wissen wollen."

„Ich war nicht müde", antwortete Mrs. Hanley schroff.

Phipps drehte sich langsam in seinem Sessel und schaute zu Jimmie. Dann sagte er: „Ich würde mir gern Mrs. Randins Zimmer anschauen, bevor ich mit der Untersuchung fortfahre. Ich bin mir ganz sicher, dass einer der vier Herren hier im Raum Mrs. Randin zum Schreien brachte."

„Was soll das denn?", bellte Christopher. „Sie wollen ja wohl nicht andeuten, dass ich unter Verdacht stehe?"

Phipps antwortete streng: „Sie sind einer der vier Herren, Mr. Hanley."

„Sie sind ja verrückt!", erwiderte Christopher. „Man stelle sich vor, dass mein eigener Butler mich bezichtigt, mitten in der Nacht das Schlafzimmer einer Frau betreten zu haben."

„Es sind schon bessere Männer als Sie mitten in der Nacht in das Schlafzimmer einer Frau eingedrungen und dabei erwischt worden", sagte Jimmie.

„Woher sind Sie eigentlich gekommen? Das würde mich mal interessieren", schnaubte Christopher. „Wie sind Sie in das Zimmer gelangt, ohne durch die Tür zum Flur zu kommen?"

Jimmie erhob sich mit einem Lächeln von seinem Platz. „Phipps wird uns sagen, wie ich dorthin gekommen bin, Christopher. Er wird uns auch sagen, was Sie gemacht haben, was Mr. Martin und Mr. Foster taten und warum Mrs. Hanley noch ihr Abendkleid anhatte, nachdem alle anderen ins Bett gegangen waren. Und warum Mrs. Foster auf den Hals geküsst wurde. Sie können das ganze Rätsel lösen, nicht wahr, Phipps?"

„Das kann ich mit Sicherheit", erwiderte Phipps ernst. „Ich würde nur gern erst noch das Zimmer untersuchen, dann kann ich fortfahren."

„Es ist schon fast hell", rief Mrs. Hanley, erhob sich von ihrem Sessel und schaute zum Fenster.

„Nichtsdestotrotz", sagte Jimmie, „wird Phipps jetzt in Nancys Zimmer gehen und alle möglichen Anhaltspunkte prüfen. Bitte gehen Sie, Phipps. Wir werden hier sein, wenn Sie zurückkommen."

Phipps ging quer durch den Raum, hochgewachsen, würdevoll und absolut ruhig. An der Tür drehte er sich um und sagte: „Es wird nicht länger als zehn Minuten dauern."

„Das ist doch absurd!", japste Mrs. Hanley. „Einem Butler zu gestatten, zu … zu …"

Aber Phipps war gegangen.

Mrs. Hanley stand da und blitzte Jimmie an. Dieser lächelte zurück.

Dreizehntes Kapitel

Während Phipps' Abwesenheit schlenderte Jimmie zu den Türen, die auf die Terrasse führten, und blieb dort nachdenklich hinausschauend stehen. Bald würde es hell werden. Im Raum hinter ihm saßen alle still da, eingehüllt in düsteres und erschöpftes Schweigen. Jimmie zweifelte nicht daran, dass sie alle liebend gern ins Bett gehen würden.

Er verspürte jetzt eine gewisse Erleichterung darüber, dass er den Fall an Phipps abgegeben hatte. Phipps war viel besser imstande, mit einem solchen Fall umzugehen und das Problem zu lösen. Er war Detektiv gewesen und wusste als Butler sehr viel mehr über das Haus und seine Bewohner. Jimmie hatte den Fall so lange geführt, bis ihn ein plötzliches Gefühl der Unzulänglichkeit überfallen hatte, das schwer auf ihm lastete.

Der Fall hatte etwas ziemlich Unerklärliches an sich, jetzt wo er so weit fortgeschritten war. Es gab viele überraschende Wendungen, die vielleicht nie aufgeklärt werden konnten. Würde Phipps zum Beispiel der Frage nachgehen, warum Mrs. Foster auf den Hals geküsst worden war, Ted Byron Mrs. Hanley angerufen hatte und Mrs. Hanley mitten in der Nacht im Garten gewesen war? Würde er dem mysteriösen Schatten im Teehaus auf die Spur kommen? Es gab all diese kleinen Rätsel, die im Laufe der Untersuchung des Kriminalfalls ans Licht gekommen waren.

Jemand war hinter ihm stehen geblieben. Jimmie schaute weiter in den frühen Morgen hinaus. Er bemerkte den Duft von Parfüm.

Jemand schob eine Hand in seinen Arm.

Er drehte den Kopf leicht zur Seite. Nancy stand direkt neben ihm, so nahe, dass er den Druck ihres schönen Leibes gegen seinen spürte. Fast konnte er ihren weichen, weißen Körper fühlen. Er schaute in ihre Augen und sie lächelte ihn an.

Nancy sagte unschuldig: „Es wird bald hell werden, nicht wahr?"

Er antwortete ernst: „Mögen Sie die Morgendämmerung?"

„Oh, ich liebe sie", sagte Nancy mit einem kleinen Schaudern.

„Warum zittern Sie?", erkundigte sich Jimmie.

„Ach, es ist einfach der Gedanke an die kalte, graue Morgendämmerung", sagte Nancy verschmitzt. „Mögen Sie Long Island wirklich?"

„Oh ja", erwiderte Jimmie. „Die meisten meiner Freunde wohnen auf Long Island."

„Na ja, manchmal ist es schon gut, aus der Stadt herauszukommen", bemerkte Nancy.

Jimmie antwortete: „Christophers Haus ist immer sympathisch und gastfreundlich."

„Was sagen Sie da gerade über mich", bellte Christopher quer durch den Raum.

„Wir haben gerade darüber gesprochen", sagte Nancy, ohne sich umzudrehen, „dass Ihr Haus wunderbar ist in dem frühen Morgenlicht über der Meerenge."

„Was für eine Meerenge?", knurrte Christopher.

„Ist das nicht die Meerenge von Long Island, die man dort drüben sieht?", fragte Nancy.

„Das ist nicht die Meerenge", erklärte ihr Jimmie. „Das ist lediglich eine Reihe Bäume, die das Licht reflektieren."

„Da bin ich aber wirklich enttäuscht", sagte Nancy überrascht. „Es sieht aus wie Wasser."

„Man kann von diesem Haus das Meer nicht sehen", murmelte Christopher. „Ich habe es Myra gleich gesagt, als wir das Haus gebaut haben, dass es hier keinen Blick gibt."

„Es ist wunderbar", sagte Mrs. Hanley kühl. „Alles an diesem Haus ist bezaubernd. Der Blick ist herrlich, über die Bäume hinweg …"

„Ach Quatsch", entfuhr es Christopher. „Wenn der Butler nicht gleich kommt und diesem Unsinn ein Ende bereitet, gehe ich ins Bett."

Jimmie drehte sich um und betrachtete Christopher. Auch Nancy wandte sich um. Jimmie sagte: „Warum gehen Sie eigentlich nicht ins Bett, Christopher? Ich glaube nicht, dass wir Sie noch mal brauchen werden.“

„Ja“, warf Mrs. Hanley ein wenig zu eifrig ein. „Geh ruhig, Christopher. Du siehst müde aus.“

„Wie gern würden Sie mich loswerden, nicht wahr?“, polterte Christopher. Er erhob sich, ging in die Mitte des Raumes und schaute Jimmie mit einem sarkastischen Lächeln an. „Wer hat eigentlich mit dem ganzen Zirkus angefangen? Ich bin schon so lange auf, dass ich es ganz vergessen habe.“

„Ihre Frau hat damit angefangen, Christopher“, sagte Jimmie.

„Habe ich nicht!“, rief Mrs. Hanley wütend. „Ich wollte lediglich wissen, was drei Männer in Nancys Zimmer zu suchen hatten, und daraus hat Mr. Landon dann diese ganzen Ermittlungen gemacht, diese schrecklichen und absurden Fragen nach den Privatangelegenheiten der Leute.“

„Ach ja“, sagte Christopher mit einem Gähnen. „Jetzt erinnere ich mich. Als wir gerade an dem Punkt angelangt waren, dass jemand dich nachts um zwölf im Garten hat sprechen hören, wolltest du plötzlich, dass wir aufhören und ins Bett gehen.“

Mrs. Hanley errötete, dann wurde sie blass. Ihre Augen begannen plötzlich vor Ärger zu leuchten. Sie sagte: „Schließlich haben wir nicht das Recht, unsere Gäste bis zum Morgengrauen wach zu halten und zu zwingen, in diesem Zimmer zu sitzen und lauter dumme Fragen zu beantworten."

Nancy lächelte und bemerkte: „Meine liebe Myra, Sie wollen nicht andeuten, dass Sie ganz erschöpft und bereit sind, ins Bett zu gehen?"

„Ja, bin ich!", brach es aus Mrs. Hanley heraus, Tränen traten ihr in die Augen. „Ich fühle mich zum Umfallen müde."

„Du hättest gestern Abend ins Bett gehen sollen", sagte Christopher bissig. „Anstatt im Garten herumzulaufen, hättest du im Bett liegen sollen, dann wärst du jetzt in der Lage, mit uns anderen auf zu sein und die Morgendämmerung zu betrachten."

„Eines Tages", murmelte Mrs. Hanley kehlig, „werde ich mich gezwungen sehen, mich von dir scheiden zu lassen."

Christopher schob seine Hände in die Taschen seines Morgenrocks und begann, mit einem hämischen Lächeln auf dem Gesicht, langsam durch den Raum zu laufen.

Nancy sagte: „Führen Sie mich zum Sofa, Jimmie. Ich werde wieder schläfrig."

Jimmie wandte sich von der Terrassentür ab, mit Nancys Hand an seinem Arm.

Mit einem Seufzer sank sie auf das Sofa. Jimmie blieb stehen und betrachtete sie. Sie lächelte zu ihm auf. Ihre Augen waren einfach hinreißend.

Phipps kam sehr leise in den Raum zurück.

Als er sich auf den langen Konsolentisch zubewegte, drehte er etwas in einer seiner Hände. Es war die Quaste der Kordel eines Morgenrocks.

Phipps setzte sich in den Sessel hinter dem Tisch.

Jimmie sagte: „Ich hatte den Gärtner ganz vergessen. Dort hinten auf dem Sessel in der Ecke sitzt der arme Kerl."

Vierzehntes Kapitel

Jimmie fragte: „Sind Sie bereit fortzufahren, Phipps?"

Phipps nickte und erwiderte: „Ja." Er schaute zu Mrs. Hanley. Diese wiederum starrte ihren Butler mit einem trotzigen Leuchten in den Augen an. Sie fuhr plötzlich ein wenig zusammen, als Phipps sich vorbeugte und sagte: „Mrs. Hanley, würden Sie bitte im Zeugenstand Platz nehmen?"

Mrs. Hanley blieb wie festgewachsen in ihrem Sessel sitzen, sie schien nicht bereit zu sein, sich zu erheben.

Christopher bellte: „Na los, Myra, geh schon hinüber und beantworte die Fragen. Jetzt bist du dran, uns zu erzählen, was du gestern Abend gemacht hast."

„Mach dich doch nicht lächerlich, Christopher", erwiderte Mrs. Hanley mit einem hysterischen kleinen Lacher. „Es ist lachhaft, die ganze Sache ist einfach lachhaft, einem Dienstboten zu erlauben, in diesem Zimmer zu sitzen und unseren Gästen Fragen zu stellen, zu erlauben, dass Phipps, ein Butler …"

„Bitte setzen Sie sich hierher, Mrs. Hanley", sagte Jimmie mit strenger Stimme. „Wir wollen das hier vor dem ersten Hahnenschrei zu Ende bringen."

Zögernd erhob sich Mrs. Hanley und stand einen Augenblick unschlüssig da, während sie nervös an ihrer Perlenkette herumfingerte.

Nancy sagte: „Sie brauchen keine Angst zu haben, Myra. Sagen Sie einfach die Wahrheit."

Mrs. Hanley warf Nancy einen giftigen Blick zu und ging durch den Raum, wobei ihr Gesicht rot anlief. Sie ließ sich auf dem Sessel vor dem Tisch nieder, weigerte sich aber standhaft, ihrem Butler in die Augen zu sehen.

Phipps sagte ruhig und höflich: „Um wie viel Uhr sind Sie gestern Abend ins Bett gegangen, Mrs. Hanley?"

Mrs. Hanley erwiderte spitz: „Ich erinnere mich nicht."

„Sie wissen nicht, um wie viel Uhr Sie ins Bett gegangen sind?"

„Nicht genau."

„Sind Sie ins Bett gegangen, nachdem Sie Mrs. Randins Zimmer verlassen hatten?"

„Bin ich, natürlich."

„Wissen Sie noch, wie spät es da war?"

„Es muss so gegen ein Uhr gewesen sein, oder später."

„Wo war denn Ihr Mann, als Sie gestern Abend ins Bett gegangen sind?"

„In seinem Zimmer, denke ich."

„Sind Sie hingegangen, um nachzuschauen, ob er in seinem Zimmer war, bevor Sie ins Bett gegangen sind?"

„Nein, bin ich nicht."

„Wo waren Sie, als Sie Mrs. Randin schreien hörten?"

„In meinem Zimmer."

„Wo liegt Ihr Zimmer?"

„Machen Sie sich doch nicht lächerlich", sagte Mrs. Hanley verärgert. „Sie wissen doch, wo sich mein Zimmer befindet."

„Ja, ich weiß, wo es sich befindet", sagte Phipps ungerührt. „Und ich glaube nicht, dass Sie Mrs. Randin auf der anderen Seite des Hauses schreien hören konnten."

„Ich habe sie aber schreien hören!"

„Was taten Sie gerade, als Sie sie schreien hörten?"

„Ich habe mich fürs Bett fertig gemacht."

„Als Sie aber ihr Zimmer betraten, zeigten Sie keine Anzeichen davon, dass Sie begonnen hatten, sich für die Nacht umzukleiden. Sie waren noch vollständig angezogen."

„Ich habe Ihnen doch gesagt, dass ich gerade erst damit angefangen hatte."

„Mrs. Hanley", fragte Phipps ernst, „was haben Sie gestern um Mitternacht im Garten gemacht?"

„Ich war gestern um Mitternacht nicht im Garten", gab Mrs. Hanley scharf zurück.

„Ich bin aber ganz sicher, dass Sie dort waren."

„Wollen Sie mich als Lügnerin bezeichnen?", empörte sich Mrs. Hanley hitzig.

„Oh nein. Aber ich habe Ihre Stimme im Garten gehört. Ich weiß, dass Sie dort waren, und ich weiß auch, dass Sie mit jemandem da waren."

„Niemand war bei mir!", rief Mrs. Hanley und erblasste.

„Aber", sagte Phipps, „Sie geben zu, dass Sie im Garten waren?"

„Ja, war ich. Ich bin im Garten spazieren gegangen, um mich vor dem Schlafen noch ein wenig abzukühlen."

„Was ich wissen will", rief Christopher fordernd, „ist, mit wem du dich zusammen abgekühlt hast!"

„Kümmere dich um deine eigenen Angelegenheiten", gab Mrs. Hanley barsch zurück.

Phipps sagte: „Was denken Sie, Mrs. Hanley, wie spät es war, als Sie den Garten verließen und wieder ins Haus gingen?"

„Das weiß ich nicht. Ich schaue doch nicht jedes Mal auf die Uhr, wenn ich mich irgendwo hinbewege."

„Aber als Sie den Garten verließen, sind Sie doch ins Haus gegangen, nicht wahr?"

„Natürlich."

„Und Sie haben Mrs. Randin schreien hören, nachdem Sie das Haus wieder betreten hatten?"

„Ganz genau."

„Sind Sie nicht gerade die Treppe hinaufgegangen, als Sie Mrs. Randin schreien hörten?", fragte Phipps mit einem schwachen Lächeln.

Mrs. Hanley erstarrte in ihrem Sessel. „Woher wissen Sie, dass ich gerade die Treppe heraufkam?"

„Das heißt also", fuhr Phipps fort, „dass Sie nicht in Ihrem Zimmer waren, als Sie Nancys Schrei hörten, Sie gingen gerade die Treppe hinauf."

„Gute Arbeit", sagte Jimmie voller Bewunderung. „So nageln wir sie alle fest."

„Ich sehe nicht", bemerkte Mrs. Hanley bitter, „was die Angelegenheit in Nancys Zimmer mit mir zu tun haben sollte."

„Sie haben die Sache ins Rollen gebracht, meine Liebe", sagte Nancy mit einem Lächeln, „das ist alles, was Sie damit zu tun haben."

„So", sagte Phipps, „Sie haben das Haus vom Garten her betreten, nachdem Sie sich von jemandem verabschiedet hatten."

„Ich habe mich von niemandem verabschiedet", erwiderte Mrs. Hanley wütend.

„Wer war es?", schrie Christopher quer durch den Raum. „Bringen Sie das heraus, Phipps. Das ist wichtiger als die Frage, wer der Mann in Nancys Zimmer war."

Jimmie erhob sich und schaute Phipps an. Er sagte: „Phipps, die einzige Frage hier lautet: Wer war der Mann? Es steht uns nicht zu, noch irgendwelche anderen Geheimnisse zu lüften."

„Verstehe", erwiderte Phipps ernst. Er sah zu Mrs. Hanley, die angespannt und mit zitternden Lippen in ihrem Sessel saß. „Sie haben das Haus betreten, Mrs. Hanley, und während Sie die Treppe hochgingen, hörten Sie Mrs. Randin schreien."

„Ja, ich habe sie schreien hören – ich habe sie schreien hören, wenn es das ist, was ich sagen soll."

Phipps bewegte sich leicht in seinem Sessel. Er wartete darauf, dass Mrs. Hanley ihre Fassung wiedererlangte.

„Was haben Sie gemacht, als Sie Nancy schreien hörten?"

„Zuerst war ich überrascht, dann ein wenig beängstigt. Einen Augenblick lang wusste ich nicht, woher der Schrei gekommen sein konnte. Dann schien es mir so, als müsse der Schrei aus Mrs. Randins Zimmer gekommen sein. Ich habe gehört, wie jemand durch den oberen Flur lief, dann hörte ich Stimmen. Ich bin die Treppen hochgelaufen, durch den Flur gegangen und habe Mrs. Randins Zimmer betreten. Ihre Tür stand offen. Im Zimmer befanden sich Mr. Martin,

Mr. Foster und Mr. Landon im Pyjama. Mrs. Randin saß, nur spärlich bekleidet, in ihrem Bett."

„Ich hatte ein Nachthemd an", verteidigte sich Nancy. „Ich konnte ja schließlich nicht im Pelzmantel schlafen."

„Aber ein solches Nachthemd", sagte Mrs. Hanley.

„Tatsache ist doch, dass Sie gestern Abend, bevor Sie die Treppen hochgegangen sind und Mrs. Randins Schrei gehört haben, mehrere Stunden lang nicht wussten, wo sich Ihr Mann aufhielt, nicht wahr?", fragte Phipps.

„Er wird in seinem Zimmer gewesen sein. Er geht immer als Erster ins Bett."

„Aber Sie wussten nicht, ob er in seinem Zimmer war – Sie haben ihn dort nicht gesehen?"

„Nein, habe ich nicht."

„Das genügt im Augenblick", sagte Phipps und lehnte sich in seinem Sessel zurück.

Mrs. Hanley sprang auf, blieb einen Moment lang stehen und starrte Jimmie zornig an. Dann drehte sie sich auf dem Absatz um, ging zurück zu ihrem Sessel und ließ sich steif darin nieder.

Phipps saß eine Weile bewegungslos da, die Augen zur Decke gerichtet. Dann drehte er sich in seinem Sessel und schaute hinüber zum Gärtner.

„Snooker, kommen Sie hierher und nehmen Sie in

diesem Sessel Platz. Ich würde Ihnen gerne einige Fragen stellen."

Snooker erhob sich etwas nervös und fragte: „Ist irgendetwas nicht in Ordnung?"

Phipps schüttelte den Kopf, was die Anspannung des Gärtners aber nicht zu mindern schien. Der stand da, mit einem alten Strohhut in der Hand, den er immer wieder herumdrehte, um seinen Händen irgendetwas zu tun zu geben. Er fühlte sich ganz offensichtlich unwohl in der mehr oder weniger feinen Gesellschaft, die sich in diesem luxuriösen Salon aufhielt. Und außerdem waren Mrs. Hanleys Augen in einer Weise auf ihn geheftet, dass er sich dumm und fehl am Platz vorkam.

Phipps wiederholte: „Kommen Sie hierher, Snooker, zu diesem Sessel."

Schließlich gelang es dem Gärtner, sich durch den Raum bis zum Tisch zu bewegen. Er blieb einen Augenblick lang stehen und starrte zu Phipps. Als Phipps aber nichts sagte, setzte er sich so in den Sessel, als würde er am liebsten darin verschwinden wollen. Er saß ganz still da und betrachtete Phipps mit einem beunruhigten Ausdruck in den Augen.

Jimmie seufzte und schaute zu Nancy. Sie lag da, ihre Hand ruhte auf einem Kissen, ihre wunderbaren Augen halb verschleiert von den langen Wimpern. Sie schien völlig erschöpft zu sein. Die ganze Angelegenheit hatte sich jetzt so in die Länge gezogen, dass sie scheinbar mit ihrer Geduld am Ende war. Jimmie begann die Sache mittlerweile auch ein wenig zu langweilen. Er wollte ins Bett gehen und einfach nur schlafen. Er dachte daran, wie schön es wäre, mit Nancy im Arm einzuschlafen und ganz fest zu schlafen, wenn der Morgen durch die Fenster hereindämmerte; zu schlafen und vielleicht zu träumen von einem fernen, schönen Land, wo es keine Wochenenden und keine Mrs. Hanleys und Christophers gab, die ganz eindeutig ziemliche Narren waren. Ja, sinnierte Jimmie, den Blick auf Nancys Gesicht gerichtet, es wäre schön, schlafen zu gehen mit Nancy in seinen Armen …

Phipps fragte unvermittelt: „Snooker, um wie viel Uhr sind Sie gestern Abend ins Bett gegangen?"

Snooker zuckte schrecklich zusammen. Seine Gesichtsfarbe wechselte von tiefrot zu leichenblass. Man hatte den Eindruck, ihm würden gleich die Augen aus dem Kopf fallen.

„Was ist passiert?", fragte er heiser. „Ist etwas nicht in Ordnung?"

„Nein, es ist alles in Ordnung", sagte Phipps ernst. „Beantworten Sie einfach die Fragen, die ich Ihnen stelle, und stellen Sie mir keine Gegenfragen. Um wie viel Uhr sind Sie gestern Abend ins Bett gegangen?"

„Warum?", erwiderte der Gärtner und fingerte an

seinem Strohhut herum. „Ich denke, es ging schon auf eins zu, als ich endlich ins Bett kam.“

„Warum sind Sie so lange aufgeblieben?“, erkundigte sich Phipps.

„Es war ziemlich warm, Phipps“, antwortete Snooker mit einem nervösen Lächeln.

„Waren Sie zwischen zwölf und eins im Garten?“

„Ja, ich glaube schon. Ich weiß nicht mehr genau, wie spät es war, aber ich denke, es wird so um diese Zeit gewesen sein.“

„Was haben Sie im Garten gemacht?“

„Ich hatte gestern Abend vergessen, den Gartenschlauch hereinzuholen. Ich rolle ihn über Nacht immer auf und räume ihn weg. Wollte aber am Abend niemandem im Weg sein, da Mrs. Hanley ja Gäste hatte. Also ließ ich den Schlauch draußen liegen, bis ich davon ausging, dass alle ins Bett gegangen waren.“

„War noch irgendjemand im Garten, als Sie dort waren, Snooker?“

„Ja. Ich dachte eigentlich, alle seien im Bett, aber als ich zum Gartenschlauch ging, stolperte ich über Mr. Hanley.“

„Sie stolperten über Mr. Hanley“, sagte Phipps mit dem Anflug eines Lächelns.

„Ja. Er saß auf einer Bank und schaute zu einem der Fenster des Hauses hoch. Das Fenster war erleuchtet, und als ich Mr. Hanley sah, sagte er: ‚Schauen Sie sich das an, Snooker!'"

„Was meinte er damit?"

„Hören Sie", schnaubte Christopher plötzlich, „ziehen Sie mich da nicht mit rein. Wenn Sie das tun, verlieren Sie Ihren Job!"

Jimmie beugte sich in seinem Sessel vor, schaute zu Phipps und sagte grimmig: „Dass wir uns richtig verstehen, Phipps – Sie müssen hier nicht diplomatisch sein. Schonen Sie niemanden. Und wenn Sie Ihren Job bei Mr. Hanley verlieren, können Sie einen bei mir bekommen."

„Bei Ihnen!" Christopher lachte verächtlich. „Was wollen Sie denn mit einem Butler in Ihrer Zwergwohnung in New York?"

„Ich habe über den Sommer ein Haus in Connecticut gemietet", erwiderte Jimmie triumphierend. „Nächste Woche fahre ich hinaus, und deshalb bin ich auf der Suche nach einem furchtlosen Butler. Wenn Sie jetzt bitte still sein würden."

Phipps sagte: „Was meinte Mr. Hanley damit, als er sagte: ‚Schauen Sie sich das an, Snooker'?"

Snooker drehte den Strohhut auf seinem Knie und warf seinem Herrn einen verstohlenen Blick zu. Christopher blickte ihn warnend an.

Snooker murmelte: „Das weiß ich nicht."

„Sie meinen, Sie haben Angst davor, es zu sagen?"

„Ich will meinen Job nicht verlieren“, erwiderte der Gärtner und zitterte ein wenig.

Phipps drehte sich langsam in seinem Sessel und fixierte seinen Arbeitgeber mit einem Blick. Lange Zeit sagte er nichts.

Christopher zog an der Kordel seines Morgenrocks und gab einen merkwürdig kehligen Laut von sich.

Schließlich begann Phipps zu sprechen: „Mr. Hanley, verstehe ich Sie richtig, dass Sie Snooker entlassen wollen, wenn er die Wahrheit sagt?“

„Es ist mir doch egal, was er erzählt!“, japste Christopher.

Plötzlich schaute Mrs. Hanley zu ihrem Mann, in ihren Augen blitzte ein Verdacht auf. Sie fragte ihn in scharfem Ton: „Warum warst du gestern Nacht im Garten und hast ein Fenster des Hauses beobachtet, Christopher?“

„Kümmere dich um deine eigenen Angelegenheiten!“, gab Christopher zurück.

Phipps sagte ruhig zum Gärtner, während ein unmerkliches Lächeln seine Mundwinkel umspielte: „Also, Snooker, haben Sie zu dem Fenster aufgeblickt, als Sie den Gartenschlauch holten?“

„Ja. Da war Licht an und das erregte meine Aufmerksamkeit.“

„Was erregte Ihre Aufmerksamkeit?“

„Schatten."

„Schatten?"

„Ja, Schatten."

„Was denn für Schatten?"

„Na ja, die Vorhänge waren zugezogen, aber man konnte Schatten sehen, Phipps."

„Was waren da für Schatten?"

„Es waren ein Mann und eine Frau."

„Schatten eines Mannes und einer Frau. Und was an den Schatten erregte Ihre und Mr. Hanleys Aufmerksamkeit?"

„Ich war nicht interessiert. Ich habe mich nur im Garten abgekühlt!", schleuderte Christopher seinem Butler entgegen.

Der Gärtner schaute zu seinem Arbeitgeber. Dieser warf ihm einen düsteren, warnenden Blick zu. Snooker schien in seinem Sessel in sich zusammenzufallen.

„Was haben die Schatten gemacht, Snooker?", fragte Phipps fordernd.

„Ich habe keine Ahnung, was sie gemacht haben. Wahrscheinlich waren da nicht mal Schatten."

Jimmie mischte sich entnervt ein: „Dieser Zeuge ist von seinem Arbeitgeber eingeschüchtert worden."

„Das stimmt", sagte Phipps, „und er verfügt über wertvolle Informationen."

Jimmie erhob sich aus seinem Sessel und zeigte mit einem Finger anklagend auf Christopher: „Christopher, Ihr Gärtner weiß etwas, hat aber Angst, es zu sagen. Was er weiß, hat etwas mit Ihnen zu tun, und er befürchtet, dass Sie ihn feuern, wenn er es erzählt."

„Oh nein, ich werde ihn nicht feuern", krächzte Christopher mit einem heiseren Lachen. „Ich werde ihn nicht feuern."

Jetzt rief Mrs. Hanley: „Snooker, sagen Sie die Wahrheit. Mr. Hanley hat Sie nicht eingestellt, sondern ich. Er kann Sie gar nicht entlassen, aber ich werde es tun, wenn Sie nicht die Wahrheit sagen."

Das Gesicht des Gärtners war sehr blass. Er saß reglos und mit einem entsetzten Gesichtsausdruck in seinem Sessel. Dann sagte er: „Ich habe den Gartenschlauch aufgerollt und ihn aus dem Garten weggeschafft, dann bin ich ins Bett gegangen."

„Was war mit den Schatten?", beharrte Phipps und fixierte Snooker mit seinem Blick.

„Ich habe den Gartenschlauch aufgerollt", sagte Snooker.

„Was war mit den Schatten?"

„Ich denke, das war sicher irgendetwas anderes", murmelte der Gärtner.

Jimmie lief hinüber zu Phipps' Sessel. Er stand da und starrte den Gärtner mit wildem Gesichtsausdruck an. Dann sagte er leidenschaftlich: „Phipps, packen Sie ihn härter an!“

Phipps erhob sich langsam und ging um das Ende des Tisches herum. Er stellte sich vor den Sessel des Gärtners, stützte sich mit den Händen auf die beiden Armlehnen, beugte sich herunter und starrte in Snookers Gesicht.

„Snooker, was war mit den Schatten?“

„Ich weiß nicht, was damit war.“

„Sie lügen!“

„Nein, tu ich nicht.“

„Doch, Sie lügen. Jeder, der gestern Nacht zwischen zwölf und eins im Garten war, steht unter Verdacht. Sie waren im Garten. Vielleicht sind Sie schuldig!“

Der Gärtner keuchte: „Schuld woran?“

„Schuld daran, das Zimmer einer Frau betreten und sie zum Schreien gebracht zu haben.“

Snooker stieß entsetzt hervor: „Niemals habe ich irgendeine Frau zwischen zwölf und eins zum Schreien gebracht.“

„Sie sind möglicherweise ein schuldiger Mann. Sie waren im Garten. Warum waren Sie im Garten?“

„Ich war da wegen des Gartenschlauchs.“

„Woher sollen wir wissen, dass Sie nicht wegen einer Frau dort waren?“

„Ich bin zu alt, um hinter einer Frau her zu sein.“

„Was war mit den Schatten?"

Der Gärtner zitterte. „Hab ich Ihnen doch schon gesagt – ein Mann und eine Frau."

„Was haben sie gemacht?"

„Ich weiß nicht, was sie gemacht haben."

„Was, denken Sie denn, haben die beiden gemacht?"

Der Gärtner zerdrückte seinen Hut auf dem Knie und antwortete mit brüchiger Stimme: „Er hatte sie in seinen Armen und küsste sie und sie hatte nicht sehr viel an."

„Woher wollen Sie wissen, dass sie nicht viel anhatte?"

„Hab ich eben gesehen."

„Wissen Sie, wer der Mann war?"

„Nein, ich konnte sein Gesicht nicht sehen. Ich konnte ihr Gesicht auch nicht sehen. Nur ihre Schatten. Ich habe nur einmal hochgeschaut, und Mr. Hanley hat mir dann befohlen, aus dem Garten zu verschwinden."

„Aber Mr. Hanley hat die ganze Zeit hochgeschaut?"

„Das weiß ich nicht. Als ich kam, hat er gerade dorthin geschaut."

Mrs. Hanley rief: „So verbringst du also deine Zeit!"

Christopher grunzte: „Hah!"

Phipps fragte: „Welches Zimmer war es denn?"

„Ich weiß nicht, welches Zimmer es war."

„War es ein Zimmer, das zum Garten hinausgeht?"

„Wahrscheinlich schon. Ich war ja im Garten wegen des Schlauches und ich konnte das Fenster sehen."

„Haben Sie den Garten verlassen, als Mr. Hanley Sie dazu aufforderte?"

„Ja, ich nahm den Schlauch und verschwand."

„Und Mr. Hanley blieb im Garten?"

„Ich denke schon. Er hat immer noch zum Fenster hochgeschaut, als ich gegangen bin."

„Warum haben Sie versucht, diese Information vor mir geheim zu halten?", schleuderte Phipps ihm entgegen.

„Ich weiß es nicht", erwiderte Snooker hilflos.

Phipps wiederholte gimmig: „Sagen Sie mir die Wahrheit – warum haben Sie versucht, diese Information vor mir geheim zu halten?"

Snooker sagte schwach: „Mr. Hanley hatte mir gesagt, dass ich niemandem verraten dürfte, dass ich ihn im Garten gesehen hatte."

Christopher schrie wütend: „Das geht jetzt aber zu weit. Denken Sie, ich sitze hier seelenruhig und lasse mich von meinen Dienern in meinem eigenen Haus zum Esel machen?"

Mrs. Hanley sagte kalt: „Mir scheint, Christopher, dass du eine Menge zu erklären hast."

„Was war eigentlich mit deinem Besuch im Garten gestern Nacht?“, wollte Christopher wissen.

„Ich habe keine Schatten beobachtet.“

Phipps nahm die Hände von den Armlehnen des Sessels und richtete sich auf. Er drehte sich um und schaute Jimmie mit einem Lächeln an. Dann nahm er ein Taschentuch aus seiner Tasche und wischte sich den Schweiß vom Gesicht. Er sagte entschuldigend: „Genau wie früher, wenn ich jemanden mit einem Stück Schlauch vermöbelt habe, Sir.“

Jimmie erwiderte mit lobendem Unterton in der Stimme: „Ich wusste schon, dass wir etwas herausfinden, wenn Sie den Fall übernehmen.“

Phipps sagte: „Vielen Dank. Wir sind nun an dem Punkt angelangt, wo wir mit dem Ausschlussverfahren beginnen können. Die wichtigste Frage ist jetzt: Wer war der Mann, der Mrs. Randin in seinen Armen hielt, und warum hat Mr. Hanley die beiden mit so großem Interesse beobachtet?“

„Genau“, sagte Jimmie mit leiser Stimme. „Was ging in Mr. Hanley vor, als er zu dem Fenster hinaufschaute und die beiden Schatten beobachtete?“

Phipps bemerkte halb flüsternd: „Ohne Zweifel war er von dem Wunsch besessen herauszufinden, was der Mann in Mrs. Randins Zimmer zu suchen hatte.“

Jimmie sagte: „Machen Sie weiter, Phipps. Wir

bringen das zu Ende, bevor der Morgen dämmert.“ Er warf einen kurzen Blick auf seine Armbanduhr, dann drehte er sich um und schaute aus den Fenstern.

Phipps sagte zum Gärtner: „Das ist alles, Snooker. Sie können jetzt wieder ins Bett gehen.“

Der Gärtner erhob sich hastig aus dem Sessel, schaute einen Augenblick zu Phipps, drehte sich um und warf seinem Arbeitgeber einen gequälten Blick zu. Dann eilte er durch den Raum und verschwand über die Terrassentür in die kühle Luft des Junimorgens.

Phipps kehrte zu seinem Sessel hinter dem Tisch zurück. Er setzte sich wie jemand hin, der gerade eine folgenschwere Entscheidung getroffen hatte. Er schaute zu Jimmie und sagte: „Bitte nehmen Sie in dem Sessel Platz, Mr. Landon.“

Jimmie blickte flüchtig zu Nancy hinüber. Ihre Lider mit den langen Wimpern hatten sich vollständig über ihren Augen geschlossen. Die schlanken Hände hatte sie vor ihrer Brust verschränkt und das Negligé war ihr bis zum Knie hochgerutscht. Sie war friedlich, glücklich und sehr bequem eingeschlafen.

Fünfzehntes Kapitel

Jimmie setzte sich in den Sessel und steckte eine Hand in die Tasche seines Morgenrocks, auf der Suche nach einer Zigarette. Er zog die Hand ohne Zigarette wieder aus der Tasche und lächelte Phipps an.

Phipps konnte erstaunlicherweise seine Gedanken lesen, beugte sich über den Tisch zur Zigarettenkiste und schob sie Jimmie herüber, nachdem er sie zuvor geöffnet hatte. Jimmie nahm sich eine Zigarette und Phipps, der sich kurz in einen Butler zurückverwandelte, holte ein Feuerzeug aus seiner Tasche, entzündete es, hielt die Flamme über den Tisch und gab Jimmie geschickt Feuer.

Jimmie sagte: „Danke", und lehnte sich vollkommen entspannt in seinem Sessel zurück. Er hatte den Eindruck, dass eine angespannte Stille über dem Raum lag. Christopher und Mrs. Hanley saßen vorgebeugt in ihren Sesseln und die Gäste schienen plötzlich von einer Vorahnung ergriffen zu sein.

Jimmie war sich durchaus der Tatsache bewusst, dass er sich jetzt in einer mehr oder weniger heiklen Lage befand. Er hatte von Anfang an darauf bestanden, dass niemand geschont werden sollte, und wenn Phipps dieser Mahnung folgen würde, könnte es zu einigen Enthüllungen kommen, die die Hanleys und ihre Gäste im Raum erschrecken und in Erstaunen versetzen würden.

Er drehte sich ein wenig in seinem Sessel, so dass er für einen kurzen Moment einen flüchtigen Blick auf Nancy werfen konnte. Es erstaunte ihn schon etwas zu sehen, dass sie erwacht war, auf dem Sofa saß und ihn anblickte. In ihren Augen spielte ein eigentümliches Licht.

Phipps machte sich einige Notizen auf einem Blatt, das vor ihm lag. Jimmie konnte sehen, dass Phipps eine exzellente Handschrift hatte. Phipps schien eine Reihe von Punkten mit Linien dahinter zu zeichnen. Dann kam ein Kreis mit dem Buchstaben *H* in der Mitte, und außerhalb des Kreises, mit zwei Linien unterstrichen, stand der Buchstabe *L*.

Nun ja, dachte Jimmie, der Butler war ein schlauer Bursche, und es war jetzt ganz offensichtlich, dass er früher Detektiv gewesen war. Er löste seine Fälle sehr clever. Natürlich stand ihm von Anfang an eine gewisse Menge Insider-Wissen zur Verfügung. Es war für Jimmie gar keine Frage, dass der Butler eine recht klare Vorstellung von all den kleinen Geheimnissen im Hanley'schen Haushalt hatte.

Ja, dachte Jimmie und zog mit einem geistesabwesenden Lächeln an seiner Zigarette, Phipps war der Mann, der die Lösung des Falles zustande bringen würde. Er wusste bestimmt, was Christopher im

Garten gemacht hatte; er wusste sicher auch ziemlich genau, wer der Mann war, der Mrs. Randin im Fenster in seinen Armen gehalten hatte, wer also die *Schatten* waren. Es ging Jimmie vage durch den Kopf, dass Menschen einfach nie zu begreifen schienen, dass Licht in Schlafzimmern gefährlich ist, auch wenn die Vorhänge zugezogen sind. Und außerdem wusste Phipps wahrscheinlich auch, dass Mrs. Hanley um Mitternacht mit Ted Byron im Garten gewesen war. Jenes Auto mit den aufblitzenden Scheinwerfern musste Byrons gewesen sein. Er war heimlich ausgestiegen für ein kurzes Rendezvous mit Mrs. Hanley im Garten. Aber es hatte ja keinen Zweck, Christopher zu erzählen, dass seine Frau in der Liebe den Weg aller gelangweilten 40-Jährigen gegangen war. Christopher hatte selbst auch einige Affären gehabt. Da war zum Beispiel das Mädchen Dolly mit dem hellblonden Haar und den braunen Augen gewesen. Sie hatte versucht, Christopher zu erpressen. Jimmie hatte Christopher damals aus der Patsche geholfen, indem er Dolly versicherte, dass er sie ins Gefängnis bringen würde, wenn sie nicht die fünftausend Dollar (statt der geforderten zehn) akzeptierte und damit alle Anschuldigungen wegen Verführung fallen lassen würde.

Aus irgendeinem merkwürdigen Grund, den nur er selbst kannte, schien Phipps einen Vorteil aus diesem außergewöhnlich langen Schweigen zu ziehen. Jimmie fragte sich, ob Phipps auf ein peinliches Problem gestoßen war, das er um keinen Preis in die Öffentlichkeit zerren wollte. Schließlich war Phipps in einer verzwickten Lage. Ungeachtet der Tatsache, dass er sich für eine Weile in einen Detektiv verwandelt hatte, war er doch immer noch der Butler im Haushalt der Hanleys.

Jimmie drehte sich in seinem Sessel und spähte durch den Raum zu Christopher. Dieser saß in gespannter Aufmerksamkeit auf der Kante seines Sessels und Jimmie hatte das Gefühl, dass Christopher innerlich frohlockte, weil jetzt sein Anwalt in den Fokus geraten war.

Jimmie beobachtete Christopher mit nachdenklichem Schweigen, während dieser ihn trotzig anstarrte. Es war so, als wollte Christopher sagen: „Na, Sie verdammt schlauer Kerl – erzählen Sie uns mal, wo Sie eigentlich gestern Nacht waren, als das Mädchen geschrien hat.“

Jimmie blickte von Christophers Gesicht weiter zu Mrs. Hanleys. Sie beobachtete ihn mit einem verblüfften Ausdruck in den Augen. Plötzlich drehte sie sich halb herum und schaute zu Nancy, die aber weiterhin ganz ruhig Jimmie betrachtete. Das angespannte Schweigen und Interesse, das alle Anwesenden im Raum für den Zeugen in seinem Sessel hegten, war schon bemerkenswert. Jimmie hatte keinen Zweifel, dass jeder von ihnen mit ziemlicher Vorfreude seine Antworten auf gewisse Fragen erwartete. Es war gut möglich, dass sie ihn in Verdacht hatten, etwas mit der Angelegenheit in dem Schlafzimmer letzte Nacht zu tun gehabt zu haben.

Er schaute noch einmal zu Christopher. Ein spöttisches Lächeln umspielte Mr. Hanleys Mund.

Phipps hatte aufgehört, Zeichen auf sein Blatt Papier zu malen. Er saß jetzt vorgebeugt da, den Bleistift in der Hand, und blickte auf den Zeugen.

Phipps fragte ruhig: „Mr. Landon, Sie sind Anwalt, nicht wahr?“

Jimmie antwortete: „Ja, ich bin Anwalt. Und außerdem Schriftsteller.“

„Was für Romane schreiben Sie?“, erkundigte sich Phipps nüchtern.

Jimmie erwiderte: „Ich habe erst drei geschrieben – alles Kriminalgeschichten.“

„Dann kann man davon ausgehen“, fuhr Phipps fort, „dass Sie über gewisse handwerkliche Fähigkeiten verfügen. Ich meine, als Autor von Kriminalromanen haben Sie sicher sehr viel darüber gelernt, wie man Verbrechen begeht.“

„Oh ja“, sagte Jimmie ernst. „Ich könnte jeden hier im Haus ermorden, ohne dass Sie mir auf die Schliche kämen.“

„Ja, das könnten Sie!“, schnaubte Christopher, warf seinen Kopf zurück und lachte heiser.

Jimmie warf Christopher einen verächtlichen Blick zu.

Phipps fuhr tonlos fort: „Es scheint mir daher naheliegend anzunehmen, dass Sie der einzige Mann in diesem Hause sind, der über überdurchschnittliches kriminalistisches Wissen verfügt.“

„Ja“, erwiderte Jimmie, „ohne Frage habe ich schon mehr über Verbrechen vergessen, als irgendeiner dieser Herren hier je darüber wusste.“

„Mr. Landon“, fragte Phipps, „wer hat Sie eingeladen, hier draußen das Wochenende zu verbringen?“

Jimmie antwortete: „Mr. Hanley.“

„Gab es irgendeinen besonderen Grund, Sie hierherzubitten?“

„Ich glaube, er wollte mich einfach mal einladen.“

„Wann sind Sie hier herausgekommen?“

„Am späten Freitagnachmittag.“

„Sind Sie allein hergekommen?“

„Oh ja.“

„Hatten Sie erwartet, hier jemanden zu treffen, den Sie kannten?“

Jimmie machte eine leicht abwehrende Geste. „Nun, ich habe erwartet, Mr. Hanley und seine charmante Gattin zu sehen. Ich war natürlich auch lose bekannt mit den Fosters und den Martins.“

„Kannten Sie nicht auch Mrs. Randin?“, fragte Phipps schlau.

„Oh ja“, erwiderte Jimmie. „Ich habe Mrs. Randin vor einigen Wochen hier draußen kennengelernt.“

„Wussten Sie, dass Mrs. Randin dieses Wochenende auch hier sein würde?“

„Ich hatte davon gehört.“

„Hat das Ihre Entscheidung zu kommen in gewisser Weise beeinflusst?“

„Das kann schon sein“, gab Jimmie zu.

Phipps fragte unvermittelt: „Mr. Landon, sind Sie verheiratet?“

Jimmie zuckte nicht mit der Wimper: „Ja, ich bin verheiratet.“

Mrs. Hanley sprang mit einem überraschten Schrei aus ihrem Sessel auf. „Das haben Sie uns nie erzählt. Sie haben uns vielmehr in dem Glauben gelassen, Sie wären Junggeselle.“

Christopher schrie: „Sie heuchlerischer Halunke! Ich hatte keine Ahnung, dass Sie verheiratet sind.“

Phipps machte eine Handbewegung. „Lebt Ihre Frau derzeit mit Ihnen zusammen?“

„Zeitweise“, sagte Jimmie.

„Ist Ihre aktuelle Ehe die einzige, die Sie je eingegangen sind?“

Jimmie sagte: „Oh nein. Ich war vorher schon einmal verheiratet."

Christopher schnaubte und Mrs. Hanley ließ sich in ihren Sessel fallen. Ein gurgelndes Geräusch erstarb in ihrer Kehle.

„Was ist mit Ihrer ersten Frau passiert?", erkundigte sich Phipps.

„Sie ist eines Nachts vor zwei Jahren mit einem Schiff nach Europa fortgefahren. Sie hat einen anderen Mann mitgenommen."

„Sie haben sich dann scheiden lassen?"

„Ja, natürlich. Das war kein Problem. Ich bin doch Anwalt und wusste, was zu tun war. Keine Unterhaltszahlungen, Sie verstehen."

„Und nach der Scheidung haben Sie wieder geheiratet?"

„Für lange Zeit nach der Scheidung nicht. Ich hatte erst mal die Nase voll von Frauen. Ich hatte das Gefühl, dass ich bestimmt nie wieder eins von diesen nichtsnutzigen Dingern heiraten wollte. Außerdem hatte ich den Eindruck, als Anwalt sehr erfolgreich zu sein, als Ehemann jedoch eher weniger. Die meisten Männer sind als Ehemänner ziemliche Versager, wissen Sie. Wenn Sie sich zum Beispiel in diesem Raum umschauen, dann können Sie hier einige solcher Versager sehen. Frauen sind merkwürdige Wesen. Sie wollen alles oder nichts. Wenn sie nicht alles kriegen, suchen sie sich einen anderen Mann. Frauen sind von Natur aus experimentierfreudig. Sie werden mit dem Wunsch geboren, ehrlich und treu zu sein, sobald sie aber das zwanzigste Lebensjahr erreicht haben, ist in ihren Köpfen unauslöschlich die Devise eingraviert: *nicht nur Einer.*“

Phipps lächelte schwach und notierte etwas auf seinem Blatt Papier.

Christopher polterte: „Haben Sie je einen Anwalt gesehen, der nicht die ganze Zeit um den heißen Brei herumgeredet hat, ohne dabei etwas zu sagen?“

Phipps fragte: „Sie sind also im Moment verheiratet?“

Jimmie sagte: „Oh ja.“

Phipps notierte noch etwas auf seinem Blatt Papier. Dann sagte er: „Zu keinem Zeitpunkt dieser Untersuchung wurde Ihr Verbleib letzte Nacht geklärt ...“

„Um welche Uhrzeit letzte Nacht?“, erkundigte sich Jimmie höflich.

„Nun ja“, sagte Phipps, „von verschiedenen Leuten wissen wir ja, dass sie sich gestern spät in der Nacht im Garten aufhielten ...“

Christopher platzte heraus: „Meine Frau!“

Mrs. Hanley konterte eisig: „Und du, beim Beobachten von Schatten.“

Phipps fragte: „Um wie viel Uhr sind Sie gestern Abend ins Bett gegangen?“

Jimmie antwortete: „Ich glaube, es war ungefähr Viertel vor zwölf. Ich bin nicht ganz sicher. Ich habe gestern Nachmittag meine Armbanduhr am Rand des Swimmingpools angeschlagen."

„Dann waren Sie gestern Nachmittag im Pool?"

„Ja, so gegen fünf."

„War noch jemand mit Ihnen im Pool?"

„Ja, Mrs. Randin war mit mir im Pool. Sie schwimmt göttlich."

Christopher sagte plötzlich mit triumphierendem Lachen: „Das dachte ich mir."

Mrs. Hanley warf ihrem Mann einen kurzen Blick zu: „Was hast du dir gedacht, Christopher?"

Christopher erwiderte: „Zwinge mich nicht, mehr zu sagen, meine Liebe."

Phipps lehnte sich in seinem Sessel zurück und schaute zur Decke. Er schien zu grübeln.

Aus dem frühen Morgen kam von draußen Hundegebell durch die Fenster herein.

Jimmie schaute zu den Fenstern. Der Morgen würde bald dämmern.

Phipps sagte, die Augen noch immer zur Decke gerichtet: „Es scheint so, als seien Sie und Mrs. Randin ein wenig aneinander interessiert?"

„Doch, ich denke, das kann man so sagen", stimmte Jimmie ihm mit einem seiner rätselhaften Lächeln zu.

„Aneinander interessiert!“, knurrte Christopher. „Ich wette, er war es, der letzte Nacht in ihr Zimmer eingedrungen ist und seine Hand auf ihr Gesicht gelegt hat.“

Nancy sagte kühl: „Ich bin sicher, Jimmie würde seine Hand nicht auf mein Gesicht legen, wenn er sich schon die Mühe machte, in mein Zimmer einzudringen, Christopher.“

„Na ich weiß ja nicht, wo er seine Hand hingelegt hat“, erwiderte Christopher säuerlich.

„Also, Mr. Landon“, sagte Phipps ernst und nahm den Blick von der Decke, „diese Untersuchung hat bisher ergeben, dass, wenige Augenblicke nachdem Mrs. Randins Schrei ertönt war, Mr. Martin und Mr. Foster zusammen ihr Zimmer betraten, um herauszufinden, was passiert war.“

„Ja, das stimmt“, sagte Jimmie.

„Wann haben Sie das Zimmer betreten?“, fragte Phipps plötzlich.

„Mrs. Randins Zimmer?“, erkundigte sich Jimmie.

„Ja.“

„Nun, ich bin reingegangen, direkt nachdem Foster und Martin angekommen waren.“

„Sind Sie über den Flur gekommen?“

„Den Flur?“

„Haben Sie Mrs. Randins Zimmer vom Flur aus betreten?“

„Nein, hat er nicht!“, platzte Martin heraus. „Er hätte nicht durch die Tür kommen können, ohne dass wir ihn gesehen hätten.“

„Das glaube ich auch“, sagte Phipps. „Aber wie sind Sie in das Zimmer gelangt, ohne die Tür zum Flur zu benutzen, Mr. Landon?“

Jimmie traute sich nicht, zu Nancy zu schauen. Er wusste, dass ihre Augen ironisch leuchteten.

Phipps war dabei, ihn in die Enge zu treiben. Der Kerl erwies sich als zu schlau für ihn. Seine Fragen waren alles andere als unerheblich.

„Na ja“, sagte Jimmie abwehrend, „mein Zimmer grenzt an Mrs. Randins.“

Mrs. Hanley schien plötzlich von einer nervösen Aufregung ergriffen zu sein. Sie drehte sich in ihrem Sessel um und schaute zu Phipps. Dann sagte sie mit großem Nachdruck: „Das ist nicht wahr, Mr. Landon.“

Jimmie fragte unbeirrbar: „Was ist nicht wahr, Mrs. Hanley?“

„Das Zimmer, das ich Ihnen gegeben habe, liegt nicht direkt neben Nancys Zimmer.“

„Ich dachte schon.“

„Tut es aber nicht. Es liegt noch ein anderes Zimmer dazwischen.“

„Könnte sein“, sagte Jimmie ernst.

„Das dazwischenliegende Zimmer“, entgegnete

ihm Mrs. Hanley steif, „ist eine Art Morgensalon. Ich benutze die drei Räume manchmal als Suite.“

„Verstehe“, erwiderte Jimmie. „Ich muss mich in meinen Beobachtungen leicht getäuscht haben.“

„Das haben Sie mit Sicherheit“, sagte Bob Martin mit einem sarkastischen Lächeln und einem Schulterzucken.

Phipps fragte: „Aber wie sind Sie dann in das Zimmer gelangt, ohne dass Sie von Mr. Martin oder Mr. Foster gesehen wurden?“

Jimmie dachte einen Augenblick schweigend über die Frage nach. Dann antwortete er nüchtern: „Es war folgendermaßen: Ich lag im Bett und habe gelesen, als ich in dem Zimmer neben meinem ein Geräusch hörte. Ich setzte mich im Bett auf und lauschte. Ich hatte das Gefühl jemanden zu hören, der heimlich durch das Zimmer schlich. Ich stand auf, ging zu der Verbindungstür und lauschte weiter. Ich war mir sicher, dass ich vorsichtige Schritte hörte. Mein erster Gedanke war, dass Mrs. Randin das Zimmer neben meinem bewohnte und dass sie schlafwandelte. Als ich mir dessen ganz sicher war, ging ich wieder ins Bett und begann weiterzulesen. Ich war aber noch kaum in mein Bett geklettert und hatte mein Buch wieder aufgeschlagen, da hörte ich einen Schrei. Ich sprang aus dem Bett und rannte hinüber zur Tür. Etwa eine Minute lang war alles ganz still.

Dann glaubte ich wieder das Geräusch von Schritten in dem Zimmer zu hören. Ich riss die Tür auf, in Erwartung, mich in Mrs. Randins Zimmer wiederzufinden, stattdessen war ich aber in einem Zimmer, das sehr dunkel war …"

Phipps beugte sich in seinem Sessel vor: „Die Verbindungstür zum nächsten Zimmer war also unverschlossen?"

„Das muss sie gewesen sein", erwiderte Jimmie arglos. „Ich habe den Türknauf gedreht und sie öffnete sich."

Mrs. Hanley rief: „Diese Tür war verschlossen! Wenn ich unverheiratete Gäste im Haus habe, verschließe ich immer alle Verbindungstüren."

„Was für ein Schutz", sagte Nancy gähnend.

„Das ist wohl eher wie in einem Hotel", bemerkte Jimmie.

Phipps sagte: „Mrs. Hanley besteht darauf, dass die Tür verschlossen war, und dennoch behaupten Sie, dass die Tür sich öffnete, als Sie den Knauf drehten."

„Ich bin ganz sicher in das Zimmer hineingegangen", sagte Jimmie mit großer Überzeugung.

„Dann hat jemand die Tür aufgeschlossen!", entfuhr es Mrs. Hanley.

Phipps fragte: „Was haben Sie dann gemacht, Mr. Landon?"

„Ich stand mitten in dem Zimmer und lauschte. Einen Moment lang war alles ziemlich still. Dann hörte ich Schritte im Flur und eine Tür sich schließen oder öffnen, ich wusste nicht, was von beidem. Ich rannte quer durch das Zimmer zu einer anderen Tür. Diese Tür war allerdings verschlossen, aber der Schlüssel steckte im Schloss. Ich drehte den Schlüssel herum, zog an der Tür und betrat ein hell erleuchtetes Zimmer. Ich sah Mrs. Randin in ihrem Bett sitzen, bekleidet mit einem sehr charmanten Nachthemd …"

„Ich fand das auch", sagte Nancy mit kindlicher Naivität.

„Was fanden Sie auch?", fragte Christopher mit Nachdruck.

„Ich fand es charmant", sagte Nancy.

„Er ja wohl auch", schnaubte Christopher.

„Bitte fahren Sie fort, Mr. Landon", sagte Phipps, wobei ein ärgerlicher Ausdruck über sein Gesicht huschte.

„Na ja", sagte Jimmie, „sie saß in ihrem Bett, ihr charmantes Nachthemd um sich drapiert – Sie wissen schon, wie die so sind, nicht sehr viel. Aber sie sah reizend darin aus. Dann sah ich zwei Männer, die mit dem Rücken zu mir standen und auf die halb geöffnete Flurtür starrten. Als sie sich umdrehten, erkannte ich Martin und Foster."

Phipps beugte sich wieder über sein Blatt Papier. Erneut gab es ein längeres Schweigen.

Jimmie schaute verstohlen zu Christopher. Dieser saß auf der vorderen Kante seines Sessels, die Hände auf ein Knie gestützt, und schaute Jimmie mit einem sarkastischen Lächeln an. Jimmie sah ganz deutlich, dass Christopher ihn insgeheim verspottete. Es gab aber keine einleuchtende Erklärung für Christophers rachsüchtige Freude über die Lage, in der sein Anwalt sich befand.

Phipps schaute von seinem Blatt Papier auf und blickte mit einem Ausdruck in den Augen zu Jimmie, der diesen davon überzeugte, dass der Butler zu einem abschließenden Ergebnis gekommen war.

Phipps sagte ruhig: „Mir scheint, diese Untersuchung ist so gut wie abgeschlossen. Zuallererst, Mr. Landon, wäre es für Sie völlig unmöglich gewesen, Mrs. Randins Zimmer vom Morgensalon aus zu betreten, denn die Tür ist mit einem Yale-Schloss gesichert, das im Türknauf sitzt und auf keiner der beiden Seiten einen Schlüssel hat."

„Hah!", murmelte Christopher triumphierend. „Gute Arbeit, Phipps."

„Ich wusste doch, dass die Tür verschlossen war", sagte Mrs. Hanley.

„Es gibt", sagte Phipps, seinen unergründlichen Blick auf Jimmie geheftet, „nur einen Weg, auf dem

Sie in Mrs. Randins Zimmer gelangen konnten, ohne die Tür zum Flur oder die französischen Fenster zu benutzen ..."

„Und der wäre?", fragte Jimmie ernst. „Vielleicht habe ich diesen Weg mehr oder weniger unbewusst benutzt."

„Mehr oder weniger!", lachte Christopher heiser. „Ich wusste die ganze Zeit, dass Sie es gewesen sind, aber ich wollte im Haus meiner Frau keinen Ärger machen. Hah!"

„Reg dich nicht so auf, Christopher", rief Mrs. Hanley warnend. „Du bist schrecklich rot im Gesicht und du weißt doch, dass Aufregung bei dir Verdauungsstörungen verursacht."

Phipps sagte: „Vor den französischen Fenstern in Mrs. Randins Zimmer liegt ein Balkon, der bis zu den Fenstern des angrenzenden Zimmers reicht. Es wäre möglich gewesen, den Morgensalon vom Flur aus zu betreten, durch eines der Fenster auf den Balkon zu klettern, diesen entlangzugehen und durch eines der französischen Fenster in Mrs. Randins Zimmer zu gelangen."

„Das muss der Weg sein, auf dem ich hineingekommen bin", sagte Jimmie mit einem erstaunten Blick.

„Oh nein, so kann es nicht gewesen sein", ging Bob Martin dazwischen. „Sie waren nicht mal in der Nähe des Fensters, als ich Sie gesehen habe. Und Sie hätten auch nicht schnell genug durchs Fenster hereinkommen können, um dorthin zu gelangen, wo ich Sie gesehen habe – nicht wahr, Foster?"

„Ich glaube nicht", erwiderte Foster mit einem Stirnrunzeln.

„Mr. Landon", sagte Phipps, „ist es nicht vielmehr so, dass Sie bereits in Mrs. Randins Zimmer waren, als sie schrie?"

„Nun ja, das ist durchaus möglich", gab Jimmie zu.

„Hah!", polterte Christopher, erhob sich aus seinem Sessel und zog krampfhaft an der Kordel seines Morgenrocks.

Mrs. Hanley drehte sich blitzartig in ihrem Sessel um und warf ihrem Butler einen erschrockenen Blick zu. Dann schaute sie zu Jimmie, mit einem seltsamen Ausdruck im Gesicht, der darauf hinzudeuten schien, dass sie plötzlich von einer eisigen Ruhe ergriffen worden war.

Christopher schaukelte auf der Kante seines Sessels hin und her und zog dabei an der Kordel seines Morgenrocks. Einmal lachte er kurz auf, ansonsten zeigte er das Verhalten eines Mannes, der sich im Geiste die Hände rieb. Er benahm sich wie jemand, der eigentlich ein bestimmtes Ereignis schon erwartet hatte, das sich jetzt aber auf so unglaublich atemberaubende Weise entwickelt hatte, dass er vor lauter unterdrückter Freude fast ein bisschen dümmlich aussah.

Phipps bemerkte dann entschuldigend: „Sie waren natürlich und ganz sicher in Mrs. Randins Zimmer, bevor Mr. Martin und Mr. Foster hereinkamen?"

Jimmie schien zwischen Zweifel und Verzweiflung hin und her zu schwanken. Es kam nicht unerwartet. Er hatte sich selbst in eine gefährliche Lage gebracht, als er dem Butler die Ermittlungen überließ. Der Butler war Detektiv gewesen, und als Detektiv hatte er all die Tricks gelernt, mit denen man Menschen in die Falle lockt.

Nach einer Weile sagte Jimmie: „Ganz im Ernst, mir scheint, ich muss schon im Zimmer gewesen sein, bevor Martin und Foster hereinkamen."

Mrs. Hanley sagte in kühlem und ziemlich entsetztem Ton: „Wie konnten Sie es wagen, so etwas zu tun, Nancy?"

Nancy erwiderte ruhig: „Ich habe nichts getan."

„Von wegen!", schnaubte Christopher.

„Also, Mr. Landon", sagte Phipps, „in Mrs. Randins Zimmer gibt es einige bodentiefe Fenster, die auf einen Balkon hinausgehen, eine Tür zum Flur, eine weitere in den Morgensalon, verschlossen, zwei Türen zu den Wäscheschränken und eine zum Bad. Waren Sie in einem der beiden Schränke, als Mr. Martin und Mr. Foster vom Flur aus das Zimmer betraten?"

„Oh nein", erwiderte Jimmie.

„Dann müssen Sie im Bad gewesen sein", sagte Phipps ernst.

„Hah!", polterte Christopher. „Er war in ihrem Badezimmer und verbringt Stunden damit herauszufinden, wer der Mann war, der sie zum Schreien brachte. Hah!"

„Selber hah!", fuhr Jimmie ihn an. Er drehte sich in seinem Sessel um und warf Christopher einen vernichtenden Blick zu.

Phipps fragte: „Mr. Landon, was hatten Sie eigentlich zu dieser nächtlichen Stunde in Mrs. Randins Bad zu tun?"

Jimmie antwortete mit entschuldigender Stimme: „Ich bin hineingegangen, um mir die Zähne zu putzen."

Mrs. Hanley stieß ein hysterisches Keuchen hervor und griff an ihre Perlenkette.

„Wo war Mrs. Randin, als Sie ins Bad gingen?"

„Sie war im Bett", sagte Jimmie mit unglaublicher Fassung.

„Sie wussten, dass sie im Bett war?"

„Oh ja, ich wusste, dass sie im Bett war."

„Wusste sie denn, dass Sie im Zimmer waren?"

„Sie wusste, dass ich im Zimmer gewesen war", gab Jimmie zu.

„Dann hätte es aber keinen Grund für sie gegeben

zu schreien, wenn Sie im Dunkeln ihr Gesicht berührt hätten oder wenn sie plötzlich erwacht wäre und Sie gesehen hätte?“

„Ich denke nicht“, sagte Jimmie. „Sie hatte keine Angst vor mir.“

Mrs. Hanley blickte zu Nancy herüber. Diese schaute diskret auf die Spitzen ihrer roten Pantöffelchen, rote Pantöffelchen mit schwarzen Absätzen, die noch mit einem goldenen Band verziert waren. Dagegen gab es nicht den Hauch von Rot auf Nancys Wangen. Sie gähnte sogar sehr hübsch, während Mrs. Hanley sie entsetzt und mit anklagendem Blick betrachtete.

„Um wie viel Uhr“, fragte Phipps, „sind Sie in Mrs. Randins Zimmer gegangen?“

„Oh, das wird so gegen halb zwölf gewesen sein“, erwiderte Jimmie.

„War Mrs. Randin in ihrem Zimmer, als Sie um halb zwölf hineingingen?“

„Nein – wir sind zusammen hineingegangen.“

„Hah!“, sagte Christopher.

„Schockierend!“, rief Mrs. Hanley und klimperte wieder mit ihrer Perlenkette.

„Verbrechen kommen immer ans Licht“, sagte Bob Martin mit einem Lachen.

„Das erklärt aber noch lange nicht, warum du Helen auf den Hals geküsst hast!“, zischte Vera. „Ich nehme an, du dachtest, Nancy läge in der Hängematte. Vielleicht hast du auch geglaubt, du könntest in ihr Zimmer kommen."

Mrs. Martins Ehemann gab keine Antwort.

Ein unehrliches Lächeln verzerrte Christophers Mund, als er seinen Blick auf Nancy richtete.

Phipps fragte ruhig: „Sie sind zusammen mit Mrs. Randin in das Zimmer gegangen?"

„Zusammen", erwiderte Jimmie.

„Waren Sie noch irgendwo mit ihr, bevor Sie in ihr Zimmer hochgegangen sind?"

„Ja. Wir haben zusammen am Rand des Swimmingpools gesessen und den Mond betrachtet, wie er das Wasser versilberte. Im Juni neigen wir beide sehr zu Romantik, und Mrs. Hanleys Anwesen ist so wunderbar geeignet für die Liebe."

„Verbotene Liebe", sagte Mrs. Hanley kalt. „Ich hatte immer so meine Ansichten über Nancy, aber von Ihnen hätte ich das nicht gedacht, Mr. Landon."

„Letzten Endes", erwiderte Jimmie, „bin ich auch nur ein Anwalt."

„Und was für ein Anwalt!", lachte Christopher. „Immer hat er mir Ratschläge über Frauen gegeben – ich meine ..."

Mrs. Hanley erhob sich von ihrem Sessel, blass und angespannt. Sie stand da und schaute ihren Mann mit glasigen Augen an. „Was war das für eine Bemerkung, Christopher, Ratschläge über Frauen ...!“

Christopher wurde sehr rot im Gesicht und kam dem Punkt gefährlich nahe, wo er von der Sesselkante auf den Boden gefallen wäre.

„Meine Liebe, dieser Kerl hat immer gesagt, dass jeder Mann ein Narr ist, der sich auf irgendeine Frau einlässt. Und schau, wo er war – im Badezimmer einer Frau!“

„In der Tat!“, sagte Mrs. Hanley. „Wir werden sehen.“ Sie setzte sich in steifer Haltung wieder hin.

„Dann“, sagte Phipps, „sind Sie mit Mrs. Randin vom Swimmingpool zum Haus gelaufen?“

Jimmie erwiderte: „Ja. Und wir sind an einem Schirm vorbeigekommen, einem Sonnenschirm, wissen Sie, der an einem Tisch am hinteren Ende des Pools befestigt war. Und dort sahen wir Mr. Hanley, der unter dem Schirm saß und eine Zigarre rauchte. Ich hatte den Eindruck, dass er uns die ganze Zeit, die wir am Poolrand saßen, beobachtet hatte. Er muss gesehen haben, wie ich Mrs. Randin mehrere Male geküsst habe. Wir waren so romantisch, verstehen Sie. Absolut harmlos ...“

„Das kann ich mir denken“, bemerkte Mrs. Hanley eisig.

„Mr. Hanley“, sagte Jimmie, „schien bemüht, sich zu verstecken, als wir auf ihn zukamen. Er versuchte sich hinter den Tisch zu ducken, aber ich hatte ihn schon gesehen, bevor er sich wegducken konnte. Ich sagte ‚Hallo' und er grummelte irgendetwas. Als ich ihn fragte, warum er unter den Tisch krabbele, teilte er mir mit, ihm sei sein Feuerzeug heruntergefallen. Das war alles. Wir gingen weiter, betraten das Haus, gingen die Treppe hinauf und durch den Flur zu Mrs. Randins Zimmer. Oh, wir haben überhaupt kein Geheimnis daraus gemacht. Jeder hätte uns hineingehen sehen können. Tatsache ist auch, dass ich, als ich nach Mrs. Randin ihr Zimmer betrat, das Gefühl hatte, dass uns irgendjemand von irgendwoher aus dem Flur beobachtete. Im Zimmer war kein Licht an. Ich ging durch das Zimmer zur Balkontür, öffnete die Vorhänge und stand einige Zeit rauchend dort."

„Was hat Mrs. Randin gemacht, während Sie die Zigarette rauchten?", erkundigte sich Phipps.

„Nun", sagte Jimmie, „sie stellte sich hinter mich, küsste mich auf den Nacken und sagte: ‚Liebling, ich bin wirklich sehr müde. Ich ziehe mich schon mal aus, während du noch rauchst.'"

Mrs. Hanley rief entsetzt: „Ich bin erstaunt, dass Sie die schockierende Dreistigkeit besitzen, Ihr unmoralisches Verhalten in meinem Haus auch noch zuzugeben."

„Und", fuhr Jimmie seelenruhig fort, „während

ich am Fenster stand und mehrere Zigaretten rauchte, ging Mrs. Randin ins Bad, kam später wieder heraus, setzte sich auf ihre Bettkante und zog sich die Strümpfe aus."

„Hah!", murmelte Christopher.

„Plötzlich hatte ich das Gefühl, jemanden draußen auf dem Balkon entlanglaufen zu hören. Ich öffnete schnell einen der Türflügel, schaute hinaus und war mir ganz sicher, dass ich eine dunkle Gestalt durch das Fenster des Nebenzimmers springen sah. Ich habe Nancy jedoch nichts davon gesagt, weil ich sie nicht beängstigen wollte. Ich zog die Vorhänge zu, stellte einen Stuhl nahe ans Fenster und setzte mich. Mrs. Randin hatte sich von der Bettkante erhoben und eine Lampe angeschaltet. Sie begann ihr Kleid auszuziehen, aber eines der Häkchen verhakte sich in ihrem Büstenhalter. Da bat sie mich, ihr behilflich zu sein. Das tat ich. Ich zog ziemlich stark an dem Kleid, und als das nichts nützte, stellte ich mich aufs Bett und riss kräftig daran. Plötzlich sprang Mrs. Randins Büstenhalter auf, sowohl das Kleid als auch der BH lösten sich und ich fiel rücklings aufs Bett."

Mrs. Hanley saß wie versteinert da.

Christopher murmelte irgendetwas vor sich hin.

Vera Martin war sehr rot im Gesicht und Mrs. Foster zupfte an einem ihrer Hosenbeine, die Augen zu Boden gerichtet.

Nancy hatte ihren Kopf auf einem Kissen abgelegt und lag mit geschlossenen Augen da.

Phipps schien das Ganze gar nicht peinlich zu sein. Sein Gesicht war völlig undurchdringlich, aber seine Augen schimmerten amüsiert. Nur Jimmie konnte das sehen und Phipps wiederum sah ebenfalls einen amüsierten Glanz in Jimmies Augen.

„Was passierte, nachdem Sie aufs Bett zurückgefallen waren?", fragte Phipps ruhig.

„Mrs. Randin lachte", erwiderte Jimmie ernst. „Ich setzte mich auf, das Kleid und den Büstenhalter in der Hand, und sie ging durchs Zimmer zu ihrer Kommode, öffnete eine Schublade, aus der sie ein sehr hübsches Nachthemd nahm und es sich über den Kopf zog. Dann stieg sie aus etwas heraus, ging zu ihrem Frisiertisch und begann, sich ihrem Gesicht zu widmen. Ich stand vom Bett auf und hängte ihr Kleid und den Büstenhalter an einen Haken in ihrem Wäscheschrank. Dann nahm ich meinen eigenen Pyjama und Morgenrock von einem Haken …"

Mrs. Hanley unterbrach ihn mit erstickter Stimme: „Wollen Sie damit etwa sagen, dass Sie Ihre Schlafsachen bereits vorher in Nancys Zimmer gebracht hatten!"

„Oh ja", gab Jimmie zu. „Ich war finster entschlossen, die Nacht mit Nancy zu verbringen."

Christopher rutschte von der Kante seines Sessels

und schlug mit einem dumpfen Knall auf dem Boden auf. Ganz benommen rappelte er sich wieder hoch, stand da und starrte auf Nancy, die noch immer mit ihrem Kopf auf einem Kissen ruhte, die Augen geschlossen und ruhig atmend, so als wäre sie fest eingeschlafen.

Bob Martin sagte verächtlich: „Sie scheinen ja nicht mal abgeneigt, davon zu berichten."

„Dies ist ein Verhör", sagte Jimmie. „Jeder muss die Wahrheit sagen."

„Bitte fahren Sie fort", drängte Phipps.

„Also, ich nahm meinen Pyjama, Hausschuhe und Morgenrock mit ins Bad. Ich hatte gerade beschlossen, noch eine kalte Dusche zu nehmen. Ich drehte mich um und sagte zu Mrs. Randin: ‚Wenn es dir nichts ausmacht, werde ich noch duschen', und sie antwortete: ‚Ganz wie du möchtest, Schatz, aber wenn du aus der Dusche kommst, werde ich wahrscheinlich schon tief schlafen.'"

Christopher sagte triumphierend: „Ich wusste es – ich habe es die ganze Zeit gewusst. Sie haben letzte Nacht mit dieser Frau geschlafen."

„Natürlich", erwiderte Jimmie. „Genau wie in der Nacht zuvor."

„Meine Güte!", stieß Mrs. Hanley hervor.

„Wie lange waren Sie im Bad?", fragte Phipps.

„Das weiß ich wirklich nicht", antwortete Jimmie.

„Ich habe geduscht, mich danach ein wenig gepudert und wollte mir gerade noch ein Glas Wasser nehmen, als ich Nancys Schrei hörte. Zumindest dachte ich, dass ich sie hätte schreien hören. Ich rannte zur Tür, dann bemerkte ich, dass ich nichts weiter als etwas Puder anhatte. Also machte ich kehrt, schnappte mir meinen Pyjama, versuchte ihn anzuziehen und rutschte dabei auf einer kleinen Wasserpfütze im Bad aus. Ich habe mich nicht verletzt, aber es gab danach ein bisschen sinnlose Arbeit für mich. Als ich schließlich meinen Pyjama anhatte, rannte ich zur Tür und öffnete sie. Ich ging ins Zimmer. Neben Nancys Bett war eine Lampe angeschaltet. Sie saß in ihrem Bett, Mr. Martin und Mr. Foster standen mit dem Rücken zu mir und starrten auf die offene Flurtür. Ich lief zum Bett, und als ich gerade dort angekommen war, drehten sich die beiden Herren um und sahen mich. Dann kam Mrs. Hanley herein und fing diesen ganzen Unfug an, der in dieser peinlichen Situation hier endete – und da sind wir nun, und das Rätsel ist immer noch nicht gelöst."

Christopher sagte: „Na, Sie haben sich in der Angelegenheit jedenfalls klar geäußert."

Phipps erhob sich langsam und stellte sich hinter den Tisch, wobei er irgendetwas fest in seiner Hand hielt. Er stand da und betrachtete das Blatt Papier mit seinen Notizen.

Er sagte mit entschuldigender und etwas zögerlicher Stimme: „Es tut mir sehr leid, dass ich in die peinliche Lage gebracht wurde, diesen Fall zu Ende zu bringen. Mr. Landon hat mich wissen lassen, dass niemand zu schonen ist, und er hat uns wahrheitsgetreu erzählt, welche Rolle er gestern Nacht gespielt hat …"

„Er hat mit Sicherheit eine Rolle gespielt", sagte Bob Martin mit einem Lachen.

„Hah!", grunzte Christopher. „Und was für eine Rolle."

„In der Kürze der Zeit habe ich viel über den Fall nachgedacht", fuhr Phipps fort, „und ich bin zu einigen Ergebnissen gekommen. Es stimmt, dass ich über besondere Kenntnisse dieses Hauses und seiner Bewohner verfüge. Es steht mir aber nicht zu, irgendetwas davon hier auszubreiten, bis auf die Dinge, die zur Lösung unseres ursprünglichen Problems beitragen, und das war die Frage: Was brachte Mrs. Randin zum Schreien? Mr. Landon bezeugte, dass er mit Mrs. Randin vom Swimmingpool weggegangen ist, er sah Mr. Hanley unter einem Sonnenschirm sitzen oder, um genauer zu sein, er sah, wie Mr. Hanley versuchte, sich zu verstecken, indem er unter einen Tisch kroch …"

„Ich bin unter keinen Tisch gekrochen!", rief Christopher dazwischen.

„Dann“, sagte Phipps, „erklärte Mr. Landon, dass er sich von jemandem beobachtet fühlte, als er durch den oberen Flur lief. Später, als er am Fenster stand, glaubte er jemanden auf dem Balkon zu hören. Wenn man einmal von allen Details absieht, so ist die einfache Frage, die sich jedem erfahrenen Detektiv jetzt stellt, folgende: Wer hatte ein Interesse daran herauszufinden, ob Mr. Landon die Nacht mit Nancy verbrachte?“

„Phipps!“, rief Mrs. Hanley entsetzt.

„Die Person“, fuhr Phipps unbeirrbar fort, „die das herausfinden wollte, ist die gleiche Person, die das Geräusch auf dem Balkon gemacht hat, während Mr. Landon am Fenster stand und eine Zigarette rauchte.“

„Das ist großartig, Phipps“, sagte Jimmie voller Bewunderung. „Sie müssen mich mit Ihrer Frau in meinem Haus in Connecticut besuchen und mir helfen, einen Kriminalroman zu schreiben.“

„Danke“, erwiderte Phipps mit einem unmerklichen Lächeln. „Wie Sie wissen, bin ich oben in Mrs. Randins Zimmer gewesen. Auf der Suche nach verwertbaren Spuren entdeckte ich auf ihrem Frisiertisch einen Ehering, der aussah, als sei er erst kürzlich erworben worden. Daraus schlussfolgerte ich, dass Mrs. Randin kürzlich wieder geheiratet hatte. Dann bemerkte ich, dass zwei Leute in Mrs. Randins Bett geschlafen hatten, und das bestärkte meine Theorie, dass sie verheiratet und ihr Ehemann unter den Gästen dieses Hauses war. Einer abschließenden Analyse folgend, kam nur ein Mann in Frage, der ihr Ehemann sein konnte – Mr. Landon."

„Was reden Sie denn da?", bellte Mr. Hanley. „Der Kerl würde nie irgendeine Frau heiraten."

Jimmie sagte: „Oh, da irren Sie sich, Christopher. Nancy und ich haben letzten Mittwochabend in Connecticut geheiratet."

Mrs. Hanley japste schwächlich: „Mein Gott!"

Christopher versank in seinem Sessel und wurde plötzlich leichenblass.

„Nun", fuhr Phipps fort, „nach Mr. Landons Zeugenaussage ist es klar, dass die Frau, die geschrien hat, *Mrs. Landon* war und ist. Weiter nach Beweisen für meine Theorie suchend, entdeckte ich, dass jeder vom Flur aus den Morgensalon betreten, durch die Fenster auf den Balkon gelangen und durch Mrs. Landons Balkontür in ihr Zimmer gelangen konnte. Was geschah, war Folgendes: Während Mr. Landon im Bad war, ging Mrs. Landon ins Bett und schlief ein. Jemand kam heimlich durch ihre Balkontür herein und schlich, während sie schlief, neben ihr Bett. In dem ungeschickten Versuch herauszufinden, *wer* bei ihr schlief, strich diese Person mit der Hand über ihr Gesicht, in dem Glauben, es mit dem Mann zu tun zu haben, der sich im Bett befand. Mrs. Landon erwachte mit einem Schrei und der erschreckte Eindringling verschwand sofort. Aber wohin ist er verschwunden? Nicht durchs Fenster, denn wie der Blitz hatte Mrs. Landon die Lampe neben ihrem Bett eingeschaltet. Während ich also in ihrem Zimmer meine Theorie weiterverfolgte, kroch ich unter ihr Bett, auf der Suche nach irgendeinem Hinweis. Was ich dort fand, war die Quaste der Kordel eines Morgenrocks. Es tut mir leid, das zu sagen, aber ich habe vorhin bemerkt, dass der Kordel von *Mr. Hanleys* Morgenrock eine Quaste fehlt, und es gibt nicht den geringsten Zweifel daran, dass Mr. Hanley der Mann ist, der Mrs. Landon zum Schreien brachte, sich dann auf die Knie fallen ließ und sich unter ihrem Bett versteckte. Er blieb dort, bis sich die Aufregung gelegt hatte, bis alle das Zimmer wieder verlassen hatten – dann kam er unter dem Bett hervor und ergriff die Flucht."

Mrs. Hanley erhob sich leichenblass und schrie: „Christopher!"

Einen Augenblick trat Stille ein, dann begann Mrs. Hanley zu wanken und zu schwanken und sank ohnmächtig zu Boden.

Christopher lief zu seiner Frau und rief: „Sie hat einen Herzanfall! Holen Sie Wasser! Holen Sie Whisky! Sie sind gefeuert, Phipps! Nein, Sie sind nicht gefeuert. Ich gebe es zu – ich wusste, der Kerl schläft mit ihr, und mir hat er immer Ratschläge gegeben, wie man Ärger mit Frauen vermeiden kann. Sie sind mein Butler – hah, bei Gott – und was für ein Butler!"

Jimmie streckte den Arm aus, ergriff Phipps' Hand und sagte: „Was für ein Detektiv!"

Phipps murmelte: „Danke, Sir", und rannte aus dem Zimmer.

Vera Martin und Mrs. Foster gingen hinüber zu Mrs. Hanley und beugten sich über sie.

Phipps kehrte mit einem großen Krug Wasser zurück. Er beugte sich zu Christopher und reichte ihm den Krug.

Christopher hob den Krug und goss seiner Frau kaltes Wasser ins Gesicht. Dabei murmelte er: „Das wollte ich schon immer mal machen!"

Jimmie ging hinüber zum Sofa und nahm Nancy auf seine Arme. Er sagte: „Entschuldigen Sie mich bitte, das arme Mädchen schläft. Ich muss sie ins Bett bringen – sie ist völlig erschöpft."

Christopher sprang auf und rief hinter Jimmie her: „Sie hatten diesmal einfach nur Glück. Sie haben sie einfach nur zuerst geheiratet!"